U0080958
My
Li
DARK
薩那
003
消失的聖物（上）

[人物簡介]

來自聖域的歷練者

[龍夜]

龍族聖龍族族長之子，十四歲時就被家人給趕出去，要他歷練個兩年才可以回家。是個看似天生呆蠢，無害的人，實際上是好奇寶寶，也是個過度依賴人的麻煩製造機。

[暮朔]

龍族聖龍族族長之子，僅有魂魄，居住在弟弟龍夜的心靈一角。有著與龍夜相反的性格與氣質，金錢至上理論，看到好東西會先偷偷摸走。

[龍月]

龍族黑龍族之人，兩年歷練歸來的那一天，就被朋友龍夜給拉出門，指定他為外出的隨行者。

[龍緋煉]

龍族緋炎族族長，被暮朔指定指導者，負責處理龍夜歷練的任務。

[疑雁]

聖域銀狼族少主，在龍夜等人離開聖域時因打賭輸了，所以拜他為師，與他們一起行動。

[風．格里亞]
學院護衛隊的隊長，是名使風的魔法師，手裡總是拿著一把摺扇。

[茲克]
楓林學院校長，是個看不出是老人家的老人，喜歡戲弄自己學院院生的校長。

[艾米緹]
楓林學院的魔法院院長，喜歡與人打賭，個性有點火爆。

[拉莫非]
楓林學院的武鬥院院長，個性穩重，卻很喜歡別人與他討戰。

[賽洛斯．科塞德]
宿舍管理員之一，武鬥院學生，卻惜話如金，喜歡看書。

[利拉耶．斯克利特]
宿舍管理員之一，魔法院學生，雖然個性大剌剌間有點火爆，卻擅長與人交際，同時也兼當賽洛斯的發言人。

[薇紗．凱爾特]
魔法院院生，宿舍管理員之一，來自有名的鍊金術世家，個性火爆，看人不爽就先打再說。

[璐．斯克利特]
武鬥院院生，宿舍管理員之一，利拉耶的表妹，喜歡以表妹的身分去請利拉耶幫忙做事。

楓林魔武學院—

[水世界]

[光明教皇]
現任的光明教會的教皇，前激進派之首，但還是有發號施令的權利。

[莫里大主教]
九名大主教之一，黑暗獵人的領導者，現任光明教會激進派之首，對光明教皇唯命是從。

[米隆]
九名大主教之一，教會的溫和派之首，性格溫和。

[米那]
九名大主教之一，與兄長不同，個性有些火爆，是屬於教會溫和派的人。

[菲亞德．史庫勞斯]
現任的黑暗教會的教王，少根筋、說話不經大腦，很容易讓部下有想要打他的衝動。

[亞爾斯諾]
黑暗教王的左右手，被光明教會追殺時，被龍夜所救。

教會—

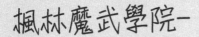

Contents

prologue 商會的竊賊

首都銀凱的東區商店區中，有一個最大的商會——菲斯特商會。

在首都裡的各式買賣交易，大多經過菲斯特商會的管道，於是每天都要從早忙到晚，一刻不得閒的忙個不停，直到夜晚徹底來臨為止。

當商會陷入屬於夜晚的寧靜之中，商會內的成員們也將今日該完成的工作完成或告一段落，再將東西整理好後，紛紛回到自己的家裡休息。

但在這理應沉靜的時刻，商會內卻透著詭異的氣息。

迴避著巡視的商會守衛，有兩名不速之客悄然進入。

這兩名潛入商會的闖入者身上披著詭異的袍子，那是薄如紗的透明衣袍，看似沒有遮蔽作用，實際上只要將這件衣服穿上，就可以隱藏身形。

他們互相確定了衣袍將身體全部遮蔽，再將蓋住頭部的兜帽戴上後，便快速往他們的目的地——菲斯特商會的地下室移動。

當商會的潛入者來到通往地下室的門口，其中一人看著毫無防備般的木門，右手直接一推，碰觸瞬間，手指傳來一陣麻痺感，他趕緊把手抽回，嗤了一聲。

「嘖，居然有封印魔法陣。」

那人發出低沉的聲音，那是屬於男性的嗓音。

男子瞇起雙眼，看著門口浮現出淡藍光芒的魔法陣。

「沒關係。」

另一名潛入者發出屬於女性的嗓音，壓低聲音說道：「只要我們把這東西破壞掉就行了，不是嗎？」

女子說完，揚手丟出一張畫滿圖形的紙，那是為了破除防禦準備的物品。

那張畫著詭異圖形的紙一接觸到魔法陣的中心，被吸收般的被魔法陣吸納進去。緊接著魔法陣發出斷斷續續的藍光，不久魔法陣被抵消似的，完全消失。

My brother, lives in my body.

★雙夜┐消失的聖物(上)/PAGE 003

男子確定門上的魔法被解除後，又伸出手，這次木門毫無阻礙地被食指彈開。

「走吧，快點把這件事做完。」

男子知道時間有限，搶先走入暗不見底的地下室。

女子見男子說完就自行進入地下室，像是不滿自己被對方無視般，悶哼了一聲，才隨後跟上。

他們順著階梯往下，或許是周圍很暗，男子拿出一個長條狀的圓形小鐵筒，將它打開，筒內飛出一顆火球，放在前頭充當火把照明。

在火球的照耀下，他們看到地下室的階梯呈螺旋形往下延伸。

火球只能照亮附近一公尺左右的範圍，他們毫不在乎的加緊速度趕路。

沒有多久，他們在毫無阻礙下走到了最底端。

他們有些疑惑防備真差的面面相覷一會，望著不再向下的最後一階，和前方不遠處鑲在牆壁內的鐵製小門。

男子緩緩說道：「應該就是這裡，進去吧！」

為了避免像之前那樣，門上設有魔法陣，男子對女子使了一個眼神，女子扔出圖騰紙，紙飛上前、平貼在鐵門上，圖騰紙卻沒有任何的反應。

「咦？」女子愣了愣，「門上沒有設置魔法？」

聞言，男子抬起手，把食指貼在鐵門上，指腹處立刻傳來屬於鐵的金屬冰冷感，「嗯，沒有。」

女子也抬手碰觸了鐵門，確定沒有任何防禦手段，不禁錯愕地瞪大了眼睛，「怎麼可能？」

這倒是讓女子詫異了，一路上進來的太過容易，門口又沒有設置魔法防禦……難道要小心注意的陷阱是設置在門內？

男子聳肩，表示自己也不清楚，深吸一口氣，用力推開鐵門。

「咿呀——」

門發出厚重的聲響，慢慢敞開。

瞬間，風從內部噴出，朝著兩名不速之客撲襲而來，男子手中的圓筒火球被風吹熄，女子二話不說，再拿出一張紙，朝房內丟去。

質量極輕的紙並沒有被風吹走，居然輕飄飄的逆著風勢飄了進去。

★雙夜┐消失的聖物(上)/PAGE 003

當紙落入門內的地板時，猛烈的風戛然停止。

男子確定黑壓壓的地下室內再無任何異狀，這才揮了揮手中的圓筒，重新將火球從筒內彈出。

「難怪不需要在門口設置魔法陣。」女子順著火球看到裡面的樣貌，喃喃道。

被火球照亮的房間倒映著橘紅色光芒，空蕩蕩的一片，內中沒有任何的物品。

女子張望附近，確定地下室是空的，不過也有可能是障眼法，她和男子互相看了一眼，開始各自調查這間空無一物的地下室。

男子仔細張望著牆壁、地面的顏色，地下室貌似一體成形，沒有其他的暗道，他走著走著，突然發現這間地下室有些怪異。

依照下樓時要不斷旋繞著大圈走動的螺旋形階梯可知佔地不小，但是扣掉下樓的最後一階到這間地下室的距離，這間地下室相較之下顯得太小了些。

他抬起手，雙掌一翻，三把小巧的白色匕首出現在掌中，朝房內中間和左右牆壁丟去，下一刻響起鏘、咚、咚，一共兩種不同的聲音。

其中一把白色匕首打在最中間的牆壁時，發出相異的聲響，像是打在一個隱形的鐵板上，發出清脆的金屬撞擊聲，並朝著他直直彈射回來。

男子輕鬆地兩指一探，不慌不忙地夾住差點刺中他眼睛的白色匕首。

「嘖，商會請了鍊金術師幫忙？」

在通往地下室的門上使用魔法陣，而對於最重要的商品則是用鍊金術師的作品來保護嗎？

男子輕哼了一聲，跟著夾著匕首的手一翻，白色匕首在空中翻轉一圈後，重新被他拿在了手上。

「這交給妳處理。」他轉身對女子說道。

女子聽到後，嘴唇微微勾起，舌輕舔著唇，右手憑空一抓，抓出一把白色長槍，槍頭直指著中間牆壁，低喊著：「毀掉吧！滅令之槍。」

被女子稱之為「滅令之槍」的白色長槍槍尖發出白色光華，碰觸到隱形牆壁的剎那，一聲聲碎裂的聲音響起，地面鋪滿了碎裂的隱形牆壁碎片。

女子收起長槍後，瞇起雙眸看著正前方：「東西果然在這裡。」

透明的牆壁被破壞掉後，顯露出這裡原本該有的樣貌。

在地下室的最深處，擺放著商會所有重要的商品，可是兩人的目標不是這一些值錢的貨物，而是在最中央那個木頭製成的雕刻平台上，所擺放的物品——一個看似古老的木雕圓鏡。

那面木雕圓鏡的鏡面光亮無比，像是有人每天擦拭過一樣，但是，此時鏡面卻映照不出鏡子前方的兩人。

「神準之鏡。」

男子道出物品的名稱。

「確定是真貨嗎？前面那裡連鍊金術師的作品都出來了。」

女子懷疑的邊說邊巡視著周圍的各樣商品，她總覺得有些異常。

「扣掉外頭虛假地下室的佔地，這間被隱藏起來的密室太大了。」

男子走向那面鏡子的步伐一停，依照他走螺旋形階梯時數過的階梯數，心算一下商會的實際佔地面積後，他往回退了數步，把位置讓給女子。

一聽完男子的猜測，女子馬上飛快地掏出先前的圖騰紙，往前面的地上和空中各拋了一張。

果然，抛向地面的那張輕飄飄落地後毫無反應，但是拋向空中的那張則是貼附在天花板上後，像擊破什麼般的發出碎裂聲。

又一個幻境被解除，這一次，在偏離先前那面鏡子稍遠的地方，又出現了一面。

「這個總是真的了吧？」

女子才正想往那裡走去，男子卻開口了。

「不，這個才是真的。」

男子走上和她相反的方向，拿出預備好的黑布，將一開始就看到的那面不會映照景物的圓鏡包起，抱在懷裡。

「咦？」

女子茫然的回頭，不明白他怎麼會做那樣的選擇。

「很簡單的心理欺騙罷了，卻是商會最喜歡用的手法，商人總是狡詐的。」

男子認為這才是真正的，用來防護這面鏡子的第三個關卡。

「好吧，你認為那是真的就是真的。」

女子聳聳肩，走回了他身邊。

下一刻，男子掏出一個透明晶石，將它捏碎，轉眼間他和女子像是本來就不在此地般，消失在這個堆滿值錢商品的地下室之中。

唯一可以顯現他們曾經存在的證明，是地上滿滿的碎片殘骸，以及上頭早已空無一物的木製平台。

chapter 01 頂樓的會談

「欸，我想問你，為什麼我的傷這麼快就好了？」

銀髮少年站在楓林學院的宿舍頂樓，他倚在樓梯通道左邊的門旁，閉上左眼，只用右眼銀眸，斜眼看著站在右邊的紅髮青年。

他可是為了這個擱置了兩天的疑問，決定七早八早就把弟弟趕去睡覺，鼓起勇氣去敲「３０７」號房的房門，把龍緋煉給「請」到頂樓聊天。

只是暮朔一回想起自己的心路歷程，就覺得很受挫。

原因是當他走到「３０７」號房，門還沒敲下去，房門就自動打開。

白費了他長達……多久？兩天可能有的時間。

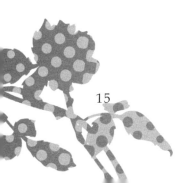

他想了這麼多天的龍緋煉會不會故意無視自己，就因為他幾乎是「拚命」去救龍夜，用自己去擋那據說會傷害到靈魂的光明教會法術。

沒想到，根本沒有這回事，自己才走到龍緋煉的宿舍房間前，他就開門了。

接下來暮朔也不需要開口邀請，擅長讀心的龍緋煉便知道他的來意。大家話都不用說，兩人就這樣默默地走到頂樓，各自在門的兩側靠著，看著眼前的夜晚星空。

可能是太習慣龍緋煉的主動，暮朔下意識等他先開口。

只是時間一長，暮朔在頂樓等的太久，忍不住懷疑今天這片夜空是不是有什麼特別的吸引力，讓龍緋煉明知道他的疑問，卻只顧著看夜空發呆。

沒辦法之下，暮朔直接把話題挑開，以免他們維持沉默到天亮。

沒想到龍緋煉側著頭，瞥了他一眼後，會直接把他的疑問一句帶過。

「就那樣子、就那麼快，沒有為什麼。」

龍緋煉的冷回應讓暮朔愣了一下，他左思右想，都不覺得這問題有什麼不妥的地方，唯一有的可能，是龍緋煉不想回答。

「是嗎？」

暮朔非常不悅的把音調一降，「我雖然對自己的事情很不在乎，但並不代表我不清楚『自己』的狀況。」

暮朔微瞇起眼，冷冷的瞪著龍緋煉，「我受傷的不是身體，而是靈魂，這種損傷不用特殊治療卻不到一天就能好，我馬上改跟你姓！」

最後一句話暮朔是用吼的。

龍緋煉聞言，不由得瞟了暮朔一眼，無奈道：「……有需要改跟我姓嗎？你不是龍族的，是其他族的人哦，真跟我姓會發生很恐怖的事。」

「不這麼說，你會理我？反正這裡只有我跟你，你就看在這裡沒有閒雜人等的份上，給我一個理由吧！」

暮朔指著自己的額頭，又將話題拉回，「你那個『光點治療法』只能騙小鬼，可騙不倒我。」

「你不覺得那個戲劇效果很好？」

龍緋煉想到那時的狀況，冷笑道：「明明是普通的小光點，擅長法術的龍夜居然會被騙倒，倒是讓我有些訝異。」

當時龍緋煉的那一「點」僅僅是把還在睡覺裝死的暮朔叫醒，並沒有夾帶任何的強大法術術力在裡面，可能龍夜那時心裡所想的全是受傷昏迷的暮朔，沒有什麼心思關心他的「小把戲」，竟然毫無反應的被騙過去了。

「說到這個，風他……」

暮朔還沒說完，龍緋煉截斷他的話，糾正道：「格里亞。」

「他在這裡不是叫風．格里亞？叫他風沒差吧？」暮朔無所謂的說。

「你別忘了，他在跟我們裝傻，假裝不認識我們，那麼，不用那麼配合他。再說了，暮朔，依照你的喊名惡習，你會怎麼稱呼他？」

暮朔頷首，故意發出長長的「嗯」聲。

龍緋煉沒說錯，這一行人中，唯一他會正常喊名字的只有龍緋煉一人，其他兩名同伴、包含自己的弟弟在內，都沒有正經喊過他們。

如果他直接喊楓林學院護衛隊隊長的名字，不光是弟弟龍夜，包括龍夜的好友龍月和免費的便宜徒弟疑雁都會嚇一跳吧！

「不單是嚇一跳，還會問你是不是轉性，居然會規規矩矩的喊別人名字。」

龍緋煉嗤笑的說完，暮朔有同感的點點頭。

嗯，應該不只是懷疑自己轉性，還會想他和風……不對，現在那個人叫格里亞，那些笨蛋應該會亂想自己與格里亞有什麼暗樁交易，不然他怎麼會放棄喊對方「隊長」，這種表面上是尊敬對方，實際上是調侃人的稱呼。

「看吧，我說對了。」

說到這裡，龍緋煉搖頭道：「其實有關於你身體的問題，我以為你會在傷好的那一天過來問，可你遲遲沒有動作。」

「我懶，呵啊……」暮朔打了個呵欠，「我沒想到那傢伙居然會出現在這裡。」

「這裡是水世界，不意外。」

龍緋煉輕聲說道：「有歷練過的人都知道，這裡是有名的『中繼站』。想要去其他世界，這個世界會是最好的移動跳板。」

暮朔聞言忍不住笑道：「這裡有名嗎？我記得月那傢伙沒來過。」

龍月到水世界挪亞時，表明自己沒來過，依照當時的狀況，暮朔不認為他會說謊。

「看人。」龍緋煉提醒暮朔道，「歷練者會去哪歷練，要看他的指導者想要他去什麼地方。」

「啊，是看指導者呀！」

暮朔舉步緩緩走到龍緋煉的身前，眨了眨眼，對上對方的紅色雙眸，「果然那傢伙會出現在這裡，是你叫他來的？」

龍緋煉沒有迴避暮朔的目光，他從那雙銀色的眼眸中，看到屬於暮朔的靈魂本質。

在那深處有著金銀雙色的長髮，左右眼各為金銀異色雙眸的少年。

那是暮朔，屬於他的本質靈魂樣貌。

「記得我教過你，不要隨便和人雙眼對上？」龍緋煉輕聲地說。

暮朔聽到後馬上回答：「嗯？不就是『除非有把人看透的把握，不然就是有被人看透的覺悟，否則不要輕易與人對視。因為眼睛是靈魂之窗，不會騙人。』你以前一直反覆提醒，我記得。」

然後暮朔又說：「可是我如果不看著你，你鐵定不會回答。」

「的確是這樣。」

龍緋煉不否認的放棄僵持，「格里亞對於尋找賢者的事比誰都心急，既然在這裡發現過一點跡象，讓我非要為了你帶著『龍夜』到來，當然他也會過來，而且還早了我們兩年，他真不是我叫來的，你也太抬舉我了。」

說到這裡，龍緋煉哼了一聲後才繼續道：「就算我是一族之長，我一樣沒有指使他的能耐。」

——早了兩年？

暮朔瞇起眼，思考龍緋煉所透露出來的訊息。

他一直以為，到水世界尋找賢者的計畫，是要從父親表明龍夜可以歷練的時候開始計算，沒想到這個計畫居然比他所想像的還要早，才會讓風那傢伙可以提前那麼多年到水世界來。

看來，賢者真的曾在這裡出沒？龍緋煉會把自己跟龍夜帶過來，是真的對找到賢者有把握？

話說回來，他們到水世界、到楓林學院沒有多久，居然這麼快就遇見風了。

「算是很慢了。」

龍緋煉聽著暮朔的心中盤算，糾正道：「他在這裡混了兩年，直到最近才弄到一個護衛隊隊長的名號，你得感謝你弟弟的歷練時間因自己的狀況而被延遲，不然風絕對沒機會出現在你的面前。」

「也對。」

暮朔賊笑道：「沒人認識他的情況下，他不把自己的身分混高一點，我根本不會搭理他。他會挑護衛隊隊長這位置……看來，隊長職位很特殊。」

格里亞與他們一樣，同是聖域的居民，但他卻不是聖域三族中任何一族的族民，而是賢者所管轄的「無領地界」的居民。除非是真正屬於「聖域賢者」這一圈子，才會知道格里亞的身分。

而身為賢者之友的龍緋煉和賢者繼承人的暮朔，自然是知曉的。

「嗯，護衛隊隊長的身分跟校長秘書差不多，不需要上課，只需維持校園秩序，學院不會管他，這麼自由的工作，挺像他會選的。」龍緋煉點點頭。

「是呀，看他在學院的自由程度，就可以知道……啊，糟糕，話題被你扯遠，別以為談論格里亞，就可以讓我忘記問你的問題。」

暮朔猛一回神，最近他怎麼老是被龍緋煉的話牽著跑題？

只是暮朔忘了，一開始是他先離題，不能怪罪別人。

「你要問的是靈魂損傷的事情吧？」

「好在是和我家笨蛋弟弟共用身體，有問題時可以翻翻他的記憶，看看我沉睡時所發生的狀況。」暮朔抬起手，指著自己的肩膀，「是格里亞那時候看似誇獎的拍肩動作吧？那個時間點，是他最好的出手時機。」

那時龍夜有察覺到異狀，只是疑問尚未說出，就被格里亞搶白說其他事情，分散了龍夜的注意力，之後又因為暮朔的甦醒，把疑問抛的精光。

「他沒有誇獎人的習慣，不是嗎？依照那時狀況，僅能用這種方式『碰觸』到你的靈魂，讓你的傷勢復原。之後我再配合他，演出那場戲，讓龍夜他們以為是我治好你，格里亞也可以順利脫身。」

「……」

暮朔瞬間無語，結果真如他所猜想，治療他的人是格里亞。

對此，暮朔只能說格里亞真不愧是從無領地界出來的人，一般的聖域居民才沒辦法做到像格里亞那樣，無聲無息、輕輕一拍，就完成施術與治療的動作。

「他是賢者的人，如果沒有幾手壓箱底的拿手絕技，早被趕出去了。」龍緋煉淡淡地說，不覺得這有什麼特別。

「你說的沒錯。」暮朔揮了揮手，敷衍地跟龍緋煉說：「如果你遇到他，幫我謝謝他。」

「道謝不需要，只要你人沒事就好。」

這時，第三人的嗓音傳入龍緋煉和暮朔的耳中。

龍緋煉看著從樓梯間突然探頭出來的黑髮青年，「要來報告進度了？」

「緋煉你先前應該不是沒有發現這裡有不速之客吧？」暮朔勾起唇，抬起手，玩味地指著拿出白色摺扇，露出笑容向他走來的黑髮青年。

「很早就發現了，只是我沒有提醒你。」

「……欸，你不要因為他認識我們，就讓他偷聽我們的談話。」

暮朔忍不住懷疑，龍緋煉是不是故意要用格里亞來氣死他。明知道他最厭惡說話時有旁聽的人，會讓他一注意到就分心。

格里亞對他來說不是陌生人，他的氣息當然不會被忽略，也是因為注意到有第三者，他跟龍緋煉的對話才會大多數全要說出口，而非一個人想、一個人答。

格里亞當然也清楚他們是故意說給他聽的，當下嘻皮笑臉的要求：「別這麼戒備我嘛，我會傷心的。」

下一秒，暮朔抖了抖衣袖，拿出兩張黃色符紙，想也未想直接拋去。

「爆。」暮朔低喊，黃色符紙瞬間泛起紅光。

格里亞見狀，不慌不忙展開了手中的摺扇，輕描淡寫揮了一下，符紙還沒發揮作用，就被摺扇拋出的風給攪碎，順著揮出的風勢，他更往頂樓的圍欄方向跳去，站穩後晃了晃摺扇。

「現在是就寢時間，暮朔你是故意要把所有人都給吵醒，讓他們以為有人襲擊學院嗎？」

「你有見過我打人是需要看時間場合的嗎？你來這裡只是要偷聽我跟緋煉談話？如果是……」暮朔眉角上揚，雙手微動，一雙銀白色的手套附著在他的手上，他拉了拉手套，威脅的語氣從唇中溢出，「你死定了。」

暮朔從知道格里亞出現在水世界和楓林學院時，就一直想要好好的教訓一下他。

記得賢者失蹤那時候，暮朔就問過格里亞，他真的不離開無領地界去找人？

該死的格里亞還信誓旦旦的說他沒有那麼勤勞，說他絕對會趁機偷懶的躲到聖域的某一處角落，靜靜等候他們找出賢者，讓賢者回歸聖域。

這種話言猶在耳啊，沒想到，事實是格里亞兩年前就來這裡提前準備了。

如果他早知道格里亞在這裡，就可以把他拖下水，拉入訓練弟弟的行列之中。

不、不，其實更應該說是，如果他早知道格里亞在這裡的話，他就不會讓龍月跟著過來了。

有個能夠依靠的對象，笨蛋弟弟習慣性的就想讓自己繼續廢柴下去，這種腐壞的思考模式，不是一天、兩天就能消除的，尤其龍月仍舊待在這裡。

不想趕走龍月，就越是讓暮朔在龍夜下意識又想把事情推到別人身上時，越發後悔讓龍月跟來，更不止一次想過，早知道隨便拉個路人甲陪同也好這種事！

算了，反正現在知道還不算晚，好歹自己此時此刻仍然在這裡。

所以能夠拖格里亞下水的話，他是絕對不會放棄的，畢竟人手是不能隨便浪費的，尤其——他的時間似乎所剩不多了。

是的，暮朔現在有點胡亂遷怒別人，是因為他沒有多少時間了的關係。

格里亞將摺扇收起，扇子的頂端抵著下巴，裝出思考模樣一會後，「嘛，緋煉你要不要救……」

話未說完，格里亞發現周圍出現些許變化。

不知何時，整個宿舍頂樓被透明的結界覆蓋住。

「呃，緋煉你是認真的嗎？」

格里亞迅速將視線移向設置結界的那個人，紅髮青年假裝沒有看到他的變臉，更微微的向後退了一步。

「我不急，你們可以先溝通。」

聽到龍緋煉不負責任的話，格里亞頓時無言。

當初他會來到水世界，也是這個人的建議，怎麼現在面對暮朔的「怒火」，他卻撇得乾乾淨淨，一臉此事與自己無關的表情？

暮朔看到格里亞呆愣的模樣，再瞧瞧一副無事人狀的龍緋煉，怎麼看怎麼覺得格里亞貌似也是受害者？兇狠的氣燄頓時消散，他收回手套，重重嘆口氣，「算了，不好玩，而且攻擊你也挺浪費體力，無本生意我不想做。」

話雖如此，格里亞絕不認為暮朔適才只是想要尋他開心，他可是在那瞬間，感覺到暮朔是真的想要痛扁他一頓。

雖然格里亞無法理解暮朔為什麼會收手，卻不想過問，趁著暮朔沒有攻擊性時，走上前，將空著的左手搭在暮朔的右肩上。

「被那個兩光祭司打到的傷已經好了，你在檢查什麼？」

暮朔皺眉抬手，正要用力拍掉格里亞的手時，格里亞出聲喝止。

「等等！」

正要揮出的手瞬間停住，暮朔發現格里亞收起先前的玩鬧心態，十分認真。

過了許久，格里亞將手從暮朔的肩頭移開，右手持著折起的摺扇輕拍自己肩膀。

「我說的沒錯吧？」龍緋煉傾聽著格里亞的心音，淡淡地說。

「嗯。」

格里亞挪移腳步，走到圍欄邊，轉過身倚在欄杆上，「雖然在治療暮朔的時候有注意到，但沒想到這麼嚴重。」

說到這裡，格里亞忍不住嗤了一聲，「我大概能夠理解，那傢伙為什麼會突然說出要我照顧好無領地界的話，隔一天就鬧失蹤。」

「大概還剩下多久。」龍緋煉故意的問。

他要讓格里亞說出期限，讓暮朔對自己的存在時間有危機感。

「時間我說不準。短則三、四個月，長的話還有一年半載。」格里亞想了想，「我有施一些法術暫時穩定暮朔的靈魂，拖延他消失的狀況。現在只能期望我們手腳快一點，早日找到那傢伙，解除暮朔的危機。」

格里亞口中那傢伙來那傢伙去的，指的全是同一個人，就是賢者。

可惜出乎龍緋煉的計算，聽到自己時間僅剩多少的暮朔，滿心想的是——

「你這招挺好用的，如果我快消失了，你可以用那個拖延時間?就算是三、四個月，你也能拖到一年半載吧?這樣的話，可以再多教龍夜一點才對。」

對於龍夜的修練進度，暮朔也掐算不出確切時間，現在的狀況是能教就教，同時也希望龍夜的豆腐腦袋可以多吸收一點知識進去，不要逮著機會就偷懶。

「……」

格里亞對著龍緋煉的怒瞪和暮朔的期盼兩手一攤，無可奈何的說：「那個術法治標不治本，你別太寄望我，你要寄望的對象是失蹤的賢者。」

「要我寄望他，不如現實一點，加快我家笨蛋小鬼的功課進度，你要幫忙嗎？」

暮朔是個現實主義者，與其要他相信虛無飄渺的希望，不如實事求是，掌握眼前可以確定的事。他看格里亞「自動」出現，可能是不打算避開他和龍緋煉了。

「找我幫忙？」格里亞懷疑自己有沒有聽錯。

「嗯嗯。」暮朔用力點頭。

「負責訓練你弟弟的人不是龍緋煉嗎？」格里亞故意用一種「你不信他」的口吻說出這句話。

「人是有慣性跟惰性的，習慣一種訓練方法後，龍夜大多會一有機會就裝死，所以我完全不介意多一個人來訓練我家弟弟，如果你想參加，我非常歡迎。」

暮朔認真的講解著原因，最後兩句更帶上蠱惑的語氣。

格里亞一聽到暮朔把訓練弟弟的腦筋動到他的頭上，馬上正聲拒絕，「不了，別把我拖下水。龍夜的事情還是你自己處理，他跟我非親非故，幫他有什麼好處？」

「就當作幫我？」

「要幫你，不如把賢者拖出來打一頓？」格里亞認為這個更有意義。

對此，暮朔當場無言，因為格里亞說完後，他看到龍緋煉認同地點頭。

「算了，我還是自己處理。」

暮朔雙肩垮下，放棄拖格里亞下水的想法，他只怕話題繼續下去，到最後，連龍緋煉也不自覺的被格里亞「說服」，想把訓練龍夜的工作扔還給他。

「答應你的事情我會做到，不用擔心我會半途放棄。」

龍緋煉安撫了暮朔的心裡擔憂後，轉向格里亞，「你來這裡，不是來當傳話使者的？快點把話留下，你可以走了。」

「欸，你真過分。」

格里亞十分清楚龍緋煉早就知道他的來意，也知道龍緋煉可以回一句「我知道了，你走」將他打發掉，但他還是想要抱怨。

「你不能看在我差點當了暮朔排解情緒的靶子，不要這麼快趕我離開？」

「會被揍，是你欠打，會趕你離開，是要你注意時間場合。」

龍緋煉伸手指了指天色，再指了指他們踩著的這棟建築物，「學院護衛隊隊長半夜在學院宿舍頂樓跟人聊天，成何體統？就算是說正事，你也花太多時間。」

「嘖，明明放了隔絕結界，不讓別人注意到這裡有人。」格里亞碎碎唸。

「你說什麼？」龍緋煉輕聲地問。

「不，沒有。」格里亞反射性否認，又說：「還記得你們跑去找校長算帳的那件事？校長要我跟你們回報狀況。」

「人沒齊，明天再說。」

「我知道，所以先來通知你們，跟你們約時間地點。」

格里亞打從心裡想噴淚，為什麼龍緋煉一清二楚的事，還要透過自己講一遍。

「哪裡適合談事情？」暮朔終於找到機會插話。

既然是談論有關於祭司與告密者這兩件重要的私事，而格里亞本人又要跟他們解釋後續狀況，他自動將「宿舍外的休息區」和「學院餐廳」踢出見面場所名單。

畢竟格里亞是公眾人物，比校長祕書闇夜還要顯眼，為了防止他們談話時有一群好奇的人圍觀，還是另外找個隱蔽場所慢慢談。

「適合的地方？」格里亞右手抵上下巴思考著。

「先警告你，不准說『不知道』，你這個護衛隊隊長如果連個安全的、不會被人竊聽和打擾的談話地點都找不到，那你乾脆卸任，把位置交給別人算了。」

「暮朔！你是連思考的時間都不打算給我嗎？」格里亞終於咆哮。

「我心滿意足了。」

暮朔忽然發出詭異的感言。

格里亞幾乎崩潰的看著他，果然是賢者的繼任者嗎？個性同樣不愛吃虧，自己拒絕幫他訓練弟弟是很正常的吧？沒有好處誰做啊！結果暮朔下一刻就對他精神打擊。

「快點，想不出來哪裡好嗎？」暮朔一本正經的催促。

「第二個。」龍緋煉二話不說，直接幫格里亞挑選地點。

「第二個？」

格里亞愣了愣，他腦袋裡剛剛想到的第二個是哪裡？對了、對了，是那個地方，「你是說雲華館的研究室？」

龍緋煉點頭，「不會有人打擾、不會有人竊聽。」

格里亞點了點頭，研究室是學院特別提供給導師研究的地方，當然會有比較好的防禦措施。

「好吧，地點約在雲華館外，等你們到了，我會帶你們到研究室的。」接著，格里亞揮了手，「那麼，明天見。」

話語落下的瞬間，格里亞的身影霎時消失，彷彿他從來沒有到過頂樓似的。

龍緋煉確定格里亞離得夠遠後，回頭催促某人。

「你現在沒疑問了吧？時間晚了，你早點回去休息。」

「這麼早就趕我去睡覺？」暮朔仰首看天笑了笑，不曉得自己還能看著這片夜空多少次，「就不能看在我只能在夜晚活動，讓我待晚一點嗎？」

「你的傷才剛好沒幾天，多休息是好不是壞。」

「知道了。」暮朔扶額嘆道：「你們可不可以不要一直唸我，很煩。」

暮朔心知龍緋煉是關心他，但他聽到的當下，還是有些頭疼。

不只龍緋煉，周圍的人這幾天一直問他的身體……不對，應該是靈魂狀況，在每個人已經把問候當成口頭禪，三句不離要他多休息、有沒有感覺不舒服時，他實在是很想要裝死，直接投入他最喜歡的睡眠懷抱中。

但遺憾的是，他如果多睡那麼一點點，龍夜就會哭嚎著來吵他起床，害怕他就這樣一睡不醒。

不能睡，那他當然是被迫醒過來，然後再接受又一輪的言語炮轟。

「不需要這麼排斥，他們是擔心你。」龍緋煉說。

暮朔揉了揉額頭，無奈道：「我知道，但是一直問，害我的頭好痛。」

「格里亞不想躲你和我了不是嗎？」龍緋煉惡質地說：「如果你不想被他們煩，你大可直接告訴他們，是格里亞治好你。」

「呵。」暮朔賊笑道：「緋煉，你這招夠狠。」

「這是事實不是嗎？」

「我以為你會讓他們一直認定是你治好了我。」

「有一就有二，說不定下一次又會出現這種狀況，早點讓他們了解清楚『現實』比較好。」

暮朔想了想，懷疑地說：「你在盤算些什麼？」

「沒有，只是突然認為，你想要把格里亞拖進你的訓練計畫裡似乎不錯。」

「哦？」暮朔揚聲道：「是怎樣的計畫，讓我聽聽？」

龍緋煉緩緩地動了動唇，跟他說自己內心的盤算，等到他們討論完畢，暮朔甘心離開頂樓，回到「205」號房休息。

次日早晨，陽光直直從窗戶灑入宿舍房間內，床位比較靠近窗邊的人發出不想起床的掙扎聲，他在床上滾了許久，終於受不了，用力將被子掀開。

「好了、好了，全部給我起床。」

頂著一頭凌亂藍髮的宿舍管理員暴躁跳起，他起床的第一件事，是叫室友們起床，因為他秉持著「我醒來，大家就不准睡」的良好惡習。

但他喊歸喊，沒有人願意搭理他。

「利……想睡。」

隔壁床位的室友將頭從被子裡探出，雙眸僅打開一條縫，用沙啞的嗓音回答後，被子用力向上一拉，把他整顆頭蓋住，遮蔽毒辣的陽光。

利拉耶見到原本還可以看到一半賽洛斯黑髮的頭，在說完的剎那，完全被掩蓋住，當下第一反應，是直接伸手將被子抽掉。

「賽洛，你是不是忘記今天要報告宿舍的巡視狀況？給我起床。」

利拉耶不給賽洛斯拉回被子、縮回去睡的機會，揪起他的灰色袍子，硬將他從床上拖下來，並往靠近房門的床位走去，順便吵另一個起床。

「還有你，小夜起床。」

同樣，他也不給龍夜裝死的時間，以迅雷不及掩耳的速度將被子拉起。

原本想要學賽洛斯蓋被裝死的銀髮少年，在被子抽走的瞬間，發出哀鳴。

「被、被子，讓我再睡一下下。」

「不行。」

利拉耶左手拉起龍夜，右手拖著賽洛斯，態度嚴肅的宣告，「今天我跟賽洛有事外出，我要鎖房間門。」

「唔，鎖房間門和我起床有什麼關係？」龍夜揉了揉惺忪睡眼，無奈地說。

「嗯?等等。」

利拉耶發現賽洛斯又睡下去了，直接將他踹醒。

賽洛斯發出低低的呼痛聲，睡意頓時全失，他緩緩爬起後，搖搖晃晃的去梳洗整理自己的服裝儀容。

當利拉耶確定賽洛斯是真的醒來，再轉頭看到龍夜坐在床上趁機偷睡的「連連點頭」，直接揮拳將他敲醒。

「活該，誰叫你昨天這麼晚睡。」

這一敲，龍夜稍微清醒了一點，他晃晃頭，眸中透出的是滿滿的疑惑。

「有嗎?我很早睡耶!」

龍夜從床上爬下，整理自己的服裝儀容。

首先要澄清一下，他會想睡只是單純睡醒前的掙扎，與晚睡無關。

昨天一到晚上，他就被暮朔趕去床上躺平，原本他還有熬夜看書的計畫，卻因為暮朔的關係，還沒實行，計畫就胎死腹中。

對於居住在身體內，只有靈魂的雙胞胎兄長，他這兩天，不，今天是第三天了，總之，從暮朔的靈魂被光明祭司打傷，又好不容易恢復後，直到今天，他都是百依百順、不敢違逆暮朔的要求與命令的「特殊」狀態。

「什麼很早睡？」

聽到龍夜的話，利拉耶不由得吼道：「昨天我們巡完宿舍，回到房間沒有看到你，正打算出去找你這個失蹤兒童時，這才看到你慢悠悠地走進房間，還用什麼『頂樓風景太好，看呆了才晚回來』這種白癡理由。就算你現在是特殊班的院生，作息也要跟其他班的院生一樣！」

利拉耶這一喊，龍夜不知道該說什麼才好。敢情是那位哥哥大人偷偷做了什麼事，所以才晚回來？但也不需要用這種爛理由來搪塞利拉耶吧！

——雖然哥哥大人一向是這樣糊弄別人。

「是，下次我會早點睡。」面對快要發火的室友，龍夜馬上鞠躬道歉。

「換你們了。」

梳洗完畢，回到自己床位收拾物品的賽洛斯有點搞不清楚狀況，打斷龍夜和利拉耶的談話。

當他們各自梳洗好的回到房間內，利拉耶又繼續道：「我會鎖門是因為今天早上和下午都不會有人回房間。」

宿舍的鑰匙只有一份，通常是由利拉耶負責保管，而學院宿舍有無人使用就要鎖門的規定，但在龍夜進入楓林學院之後，就很少遇到鎖門的狀況。

其中一部分是他在執行學院任務、另一部分是因為他加入特殊班，並沒有固定的上課時間。

龍夜聽完利拉耶的碎碎唸後，當場呆住。他今天沒有什麼事要做，應該會留在宿舍看賽洛斯的書，怎麼可能會不在房間？

見龍夜一臉呆樣，利拉耶又道：「昨晚睡覺前，你不是說今天要去雲華館聽報告？我想你不會太快回來。」

報告？去雲華館？

雲華館不是楓林學院的校長院館？他去那邊做啥？

還好，疑問尚未說出口，他的腦海裡浮出一個人的嗓音。

『欸，小鬼，是我要藍髮的通知你，今天有學院的人要報告幾天前的教會攻擊事件。

你千萬別說你不知道，知道嗎？』

龍夜雙眸瞠大，正要向暮朔拋出問句的時候，想到現在房間裡面還有兩名室友，趕緊將問句吞回，改口說道：「嗯，我知道，但是我想說我應該很快就會回來，房間門不關沒關係。」

說完，龍夜很訝異自己居然沒有心虛。

好吧，最近因為暮朔的關係，他已經開始知道什麼是「睜眼說瞎話」。

「什麼不鎖沒關係？我都快被投訴了。」

如果被人知道宿舍管理員的房間最近都不鎖，那他下場就慘了。

明明身為管理員他就該帶頭鎖門，教好大家以防萬一的觀念，免得哪天真有哪個「學生」想闖空門時，宿舍會一下子損失太大。

偏偏龍夜老是「歸期不定」，害他們房間最近一直是無防備狀態，更讓不少住宿生誤以為他在的直接開門進來，然後找不到人的被迫退出。

是的，已經有好幾個人在埋怨他如果不在房裡，幹嘛不鎖門，在欺騙他們感情嗎？每次總是興沖沖的推門而入，接著是失望的離開。

利拉耶扒抓著頭髮，頭疼地看著龍夜建議道：「如果你會很早回來，要不要去附近逛逛？」

再不鎖門說不定會有人認為自己被騙而去投訴，利拉耶只能這樣建議。

「嗯，好。」

龍夜點頭，大不了他去圖書館看書，晚上再回來。

「利拉耶你們今天為什麼會很晚回來？」

龍夜突然想到，他們兩人只是要去找院長例行報告這一週的宿舍狀況，怎麼可能會用掉一整個早上和下午的時間？

「嗯，今天巡視校園的護衛隊人數不夠，我們要過去幫忙。」

「咦？」龍夜詫異地說：「護衛隊人數不夠，和你們有什麼關係？」

「宿舍管理員是護衛隊管的，如果有需要，我們要協助幫忙。」

利拉耶抬起手，食指晃呀晃地說：「所以你今天看到我們，不可以跟我們打招呼，我們可不想挨罵，知道嗎？」

「嗯，知道啦！」奇怪的規定，龍夜心中默想。

「好了，我們要去報告了，小夜你先離開吧，我要拿一下東西。」

「那我先走了，晚上見。」

說完，龍夜走到房門口，將門打開離開宿舍房間。

chapter 02 解開疑惑

龍夜一踏出房門，就看到一名有著漆黑髮色的少年雙手交叉放在胸前，閉起雙眼，倚在牆邊安靜站著。

龍夜一見到對方，愣了愣，不確定地指著自己，「月，你等我？」

龍月放下雙手，點了點頭，「嗯，很久沒跟你單獨說話，想說在去雲華館的路上，我們可以小聊一下。」

「唔……」

龍夜猶豫了。

的確，他和龍月真的有很長一段時間沒有好好的聊天說話。雖然聽到龍月這麼說他很開心，但是現在他沒有聊天的心情。

因為他還有另外一件對自己來說，非常重要的事。

龍月見龍夜的雙眼在左右飄移，不禁揚起眉，「怎麼，不想跟我聊天？」

「不不不、不是啦！」

龍夜發現自己被誤會了，趕緊解釋，「剛才暮朔開口了，我正好有事情想問他，原本打算去雲華館前問完。結果你突然冒出來，所以……」

龍夜說著、說著，有點不好意思地搔搔臉頰。

「我不介意，你先跟暮朔談話，我可以等你們說完。」

龍夜聽到這番話，愣了一下，平常他一這麼說，龍月就會離開，讓自己和暮朔獨處，怎麼今天他好像打定主意，就算一路聽自己「自言自語」也沒關係？

『什麼事？』

龍夜的疑惑，暮朔心中大概有一個底，所以他還是早點出聲，讓龍夜把該問的問題問完，讓他們自己談要緊事。

「暮朔，我們去雲華館聽誰報告？為什麼你不先跟我說？」

龍月走在前頭，龍夜走在他的後面，假裝要與他說話，實際上是在和暮朔溝通。

暮朔用比他更想抱怨的語氣，『那是昨天晚上我要睡之前才知道的，要我怎麼早點跟你說？反正你也很無聊，聽聽那個護衛隊隊長說明處理狀況也好。』

「大家都會去雲華館？」龍夜問。

「我們都會去，緋煉大人有跟我和疑雁說，好像是格里亞親自告訴他的。」

龍月見前往雲華館的路上可以看到零星的院生在旁邊走動，為了不讓龍夜看起來像單方面自言自語，他乾脆挑些自己知道的事情回答。

作戲作全套，龍夜也貌似答話的繼續問暮朔：「這樣呀！不知道那位祭司被關在哪裡？」

其實龍夜對祭司和告密者的事情一點興趣也沒有，他唯一在意的是祭司專門攻擊靈魂的神術。

要是能夠掌握神術發動前的動作與波動，以後被光明祭司襲擊，就可以提前預防，以免又發生暮朔為了保護他而受傷的慘案。

但是他的喃喃自語，龍月聽在耳裡卻十分心虛。那名祭司其實已經死了，今日的護衛隊隊長的報告應該會說才對。

『死小鬼，你亂想什麼，我人還沒死哪來的慘案？』

暮朔不小心聽到龍夜的心聲，忍不住吐槽。

「你那時候真的嚇到我了嘛！」龍夜無辜地說，同時又問：「你真的沒問題、真的好了？對了，聽利拉耶說，你昨天很晚睡，要不要休息一下？」

『我說我沒問題，你可不可以不要一直問！』

如果此時暮朔有身體，他必定直接動手，打到笨蛋弟弟假裝沒說這些話。

「暮朔，我又不是三歲小孩特別好騙，有學過法術的人都知道，遇到靈魂類型的法術攻擊，一被打到可不是說好就可以馬上好的。」

「同感。」

龍月跟著附和。

『緋煉不是治好我了？』

「可是到了隔天，我仔細回想，發現那只是普通的法術。」

龍夜嘟囔道：「我知道你不想讓我擔心，但傷沒好也不要逞強，受傷的人就要多休息不是嗎？」

『我真的沒問題。』暮朔哭笑不得地說。

他沒想到，平常不怎麼精明的龍夜，遇到他的事情，竟然會突然變得精明起來，這可是他第一次無法輕易矇騙弟弟，而且還像頭追著尾的蛇一樣，不斷地在同一件事上原地繞圈。

龍夜固執的用力搖頭，「不對，你一定有問題，一定還沒全好。」

『啊啊，我真的已經好了。』暮朔煩躁地大喊後，想起龍緋煉昨夜的建議，不想再隱瞞的直接出賣格里亞，『格里亞，事實上是那個學院護衛隊隊長治好我的，你不信的話等等可以去問緋煉！』

「格里亞？」龍夜傻住，前進的腳步瞬間一滯，呆站在原地。

他聽到什麼？

「什麼格里亞？」走在前方的龍月為此停下腳步，轉身問道。

「暮、暮朔說他是被格里亞治好的。」龍夜不敢相信地說。

「你說什麼？」

龍月瞇起雙眼，眸中透出一絲危險眸光。

是格里亞出手救了暮朔的？難不成格里亞知道龍夜是一體雙魂，不然他怎麼會動手幫忙？

『詳細情況請問緋煉，我不太清楚。』

暮朔不喜歡談論自己的事，把解說責任推的乾乾淨淨，可能是太晚睡又太早起床，睡意猛地湧現，他輕打個呵欠，『呵啊，想睡了，我的事情可以晚點談，龍月有重要事情跟你說。』

暮朔突然扔開話題，讓龍夜有些措手不及，他還來不及開口，暮朔就切斷他們之間的聯繫，不想被打擾地去補他的眠。

「……月，暮朔他睡了。」龍夜挫敗地說，他沒想到暮朔居然會說睡就睡，「對了，他剛才跟我說，你有重要的事情跟我說？」

「很重要。」

原本龍月還在煩惱該怎麼對龍夜開口，既然暮朔幫他起個頭，就直接說了，「夜，以後有事情，你不可以找我幫忙，我……不能再給你任何協助。」

「咦?」

龍夜錯愕,他聽到什麼?

龍月看著呆愣住的銀髮少年,朝後方——前往雲華館的路上望了一眼。

他們要去雲華館與龍緋煉和疑雁會合,他怕這件事會談很久,便拉著龍夜到旁邊的楓樹下,站在樹蔭裡,解釋給龍夜聽。

「前幾天,緋煉大人找我『聊天』。」

「聊、聊天?」

龍夜震驚到差點咬到舌頭,聊天?應該是單方面的下令吧!

他大概知道,龍月為什麼會這樣對他說了。

「他說,你的修練進度比他所預估的還要慢,我必須負一部分的責任。」

「不是……」

龍夜才想反駁,龍月卻不給龍夜插話的機會,「緋煉大人告訴我,正常的歷練流程裡,歷練者或指導者的確可以指定一名隨行者陪同,但是通常那位隨行者都是由指導者指派,目的是要利用完整的歷練旅行裡,培養出一名新的指導者。」

「咦？」龍夜愣住了，他們的情況好像不是這樣。

「你也發現了，我們現在的狀況，根本是緋煉大人只想要指派功課給你，不負責你的人身安全，所以他才會建議你找一名隨行者顧好你的安全，也就是我。」

「嗯，這樣子沒錯。」龍夜不否認。

「我應你的邀約，陪同你一起來到這個地方。緋煉大人卻發現他錯了，他不應該找你認識的人一起過來，你太依賴我了，不論發生什麼事，就算任務出現挫折，你第一時間就是找我幫忙，不會想法子突破眼前的困境。」

龍月有些自責的嘆口氣，「我也有錯，太容易被你拖下水。」

「拖、拖下水……」龍夜加倍受挫的呻吟著。

龍月乾咳一聲，話是說的狠了點，但是就是該這麼說才夠格成為理由吧？

「龍夜你知道嗎？我們這些沒有隨行者的歷練者來到陌生的地方，只能自力更生，不能仰賴其他人，就算你拜託指導者，他也會扔下『這是功課，要自己解決』的話，讓你硬著頭皮面對一切。」

頓了頓，龍月又道：「然而，緋煉大人發現我陪你來水世界，沒有讓你增強訓練的慾望就算了，還讓你找到一個解決任何問題的便捷途徑——也就是我，所以他就來警告我了。」

「什麼警告？」龍夜問。

「什麼警告？」

龍月輕輕笑了，那是充滿無奈的笑。

「那時我知道你們被人襲擊，暮朔生死不明，而你又得繼續處理學院的任務，我當下第一個反應是要過去幫忙，卻被緋煉大人阻止，說這是訓練你的最好時機，我不能插手，不然你又會要我幫助你早點完成任務，好回來找他救暮朔。」

龍月停頓了一下，又說：「我當時很生氣，不想理會緋煉大人，執意要過去幫你，還對他說『我是隨行者，不需要被你的命令束縛』，所以，緋煉大人他……」

他看著龍夜，神情異常嚴肅的一字一句吐出接下來的話。

「緋煉大人一句『我是指導者，有權力將干擾我的歷練者歷練的人驅離此地』的話，打消了我的念頭。對於命令，我的選擇是接受。」

其實龍月想要說的話有很多很多，他想要告訴龍夜，暮朔本身的問題，但他的理智告訴他，這件事在龍夜自己理解事情有多嚴重之前不能透露。

不然，龍夜一定會認為他在開玩笑——就算他很嚴肅說這件事也一樣。

在某方面來說，龍夜幾乎把暮朔當無所不能的強者來看待。

要不是光明祭司的靈魂法術能傷害到暮朔，恐怕龍夜至今還以為暮朔強悍到絕不可能受傷、絕不會有離開他的可能。

這也是因為暮朔實在太強，過去又太護著、幫著龍夜的關係，而這便造成了現在想要糾正龍夜根深柢固的觀念，會格外困難的原因。

龍月在心裡暗暗嘆著氣，更強忍著想抓住龍夜領子用力搖晃，想把一切始末在他耳邊咆哮說出，以免自己忍到內傷。

可惜，現在真的不是該說的時候。

看著龍月扭曲、掙扎的神色，龍夜過了許久，才低聲開口。

「月，你為什麼要告訴我？明明可以不說的。」

龍月的這一席話，讓龍夜的腦袋差點無法順利運轉，還好他有時間可以慢慢消化，不然他一定會像以前一樣下意識地想要抱怨龍緋煉太狠、想要哀求龍月不要放手。

「不告訴你，是要讓你嘗嘗突然被人孤立的感覺？」

龍月伸手，重重地拍了拍龍夜的肩膀，道：「我想要讓你知道日後我不能夠幫助你的理由，以免你自己在那邊鑽牛角尖，誤以為是自己不小心做錯什麼，惹得我發怒，才不想理你。」

「嘿嘿，這麼說也對。」龍夜發出傻呼呼的笑聲，不過，他無法否認，龍月這好心的解釋給了他一些無形的壓力。

龍月的坦言，讓他知道以後是真的要靠自己了，沒辦法再尋求幫忙……龍夜想到這裡，用力甩頭，把這個該死的念頭甩出去。

他不是想要再一次被暮朔誇獎，決定以後要好好的動腦解決問題？為什麼龍月提到日後無法幫助他時，他會這麼的失望呢？

——有欠磨練，還需要被人打一下。

不知怎地，龍夜想起了暮朔不知道是什麼時候，對他說的話。

「月，你不要擔心我，我、我、我會好好加油的。」

壓力大呀，壓力大！

龍夜突然覺得他的頭好昏，龍月是他的朋友，如果龍月因為他而被趕出水世界，說不會良心不安，那是騙人的。

「嘛，你不需要太過緊張。」龍月唇角牽起，拍了一下龍夜的頭，「如果你真的遇上什麼問題，腦袋想破了也想不通，可以找我討論。但只限於我可以透露的範圍，太超過的問題我是不會回答的。」

龍月想了想，又補充道：「當然，你遇到不順心的事，想要罵人和吐苦水的時候我也歡迎。這是我現在唯一可以幫助你的地方。」

「我、我會努力。」龍夜低喊著，像是在告訴自己，他要努力加油了。

「好了，我們快點去雲華館，再不快點過去，緋煉大人應該會想要把我們宰掉。」龍月抬手，拿掉落在龍夜頭上的樹葉，再推一下他的肩膀。

「你就好好加油，讓所有人對你刮目相看吧！」

龍夜捂著肩膀，側頭看了龍月好一會，用力點頭。

他不只為了暮朔，也要為了替他著想的龍月，好好的加油才行。

這是龍夜第一次了解到，別人對他有期望與期許時，壓力有多大。

「太慢了。」

還沒踏入雲華館的範圍，冷硬的嗓音搶先一步傳入龍夜和龍月的耳中，他們同時朝傳出聲音的地方望去。

在雲華館的門口旁，他們看到一名紅髮青年，與腳邊有一隻雪白色小狼陪著的銀色短髮少年，他們兩位似乎等了很久，表情皆有些不耐煩。

龍夜和龍月快走過去，異口同聲道歉，「對不起，我遲到了。」

「嗯。」龍緋煉哼了一聲，表示收到道歉，紅色眼眸一轉，看向龍月。

龍月一對上那雙變得冰冷的紅色眼睛，心臟差點漏跳半拍。

他被嚇到了，在雙眼對視的瞬間，他感覺自己的心思被眼前的人給看透。

「全部說了？」龍緋煉淡淡地說，同時將目光轉移到龍夜身上。

「這樣也好，省了不少的麻煩。」

龍夜咕嘟一聲，用力嚥下唾沫。

好恐怖，不知道是不是他的錯覺，眼前的這個人，兇狠度似乎又變高了，是不是因為自己的「後路」已經全被毀滅，所以可以實行什麼恐怖的計畫？

「別亂想，我看起來有那麼殘忍嗎？」龍緋煉冷冷地說。

場上三人，包含知道自己的心思又被看光的龍夜，瞬間想要點頭，卻不敢。

殘忍？——龍月和疑雁想到之前那個恐怖的訓練理論，他們想，應該是龍緋煉自己單方面認為不殘忍吧！

至於龍夜完全不敢說話，如果他說「是」，接下來肯定會換來更恐怖的對待。

龍緋煉揚眉聽著龍夜三人的心聲，「看來，你們三人都不認同。」

突然想起龍緋煉擁有讀心能力的龍夜嚇了一跳，龍月和疑雁聽到後，馬上放空心思，不再胡思亂想，以免心聲又不小心洩露。

「我、我沒有。」龍夜驚慌地揮手辯解。

話甫出口，龍月直接朝他的頭敲去，「笨，安靜別想就好。」

「啊，對喔！」龍夜捂著被敲痛的頭，用力點頭。

龍緋煉手一抖，一顆青色石頭滑入他的掌中，他用力捏住納入掌中的石頭，他們的周圍立刻浮現出一道透明的結界。

「如果我夠殘忍，我就不會解釋暮朔的事情給你聽。」

龍緋煉低頭看著手中的青石，將它擱置在地上，再看向龍夜和龍月，「你們不是要問我，治好暮朔的人是不是學院護衛隊的隊長風．格里亞？」

話一說完，站在龍緋煉旁邊的疑雁驚愕地說：「什麼？」

他懷疑自己聽錯了，為什麼會是格里亞治好暮朔，而不是龍緋煉？

「看來，暮朔說的是真的？」龍月不確定地問。

龍緋煉頷首，不否認龍月的話是正解。

「他知道夜的身體裡有另一個靈魂？」

龍緋煉看著發問的龍月，用眼角的餘光瞥了龍夜一眼。

暮朔醒來了，但他還是維持與龍夜斷絕聯繫的狀態，讓龍夜以為他還在休息。

龍緋練明白暮朔的心思，他想要聽自己怎麼解釋，這麼一來，日後龍夜又要問這類問題時，就有回答和避談的方向。

「龍月，格里亞不知道暮朔的事情。」龍緋煉開始說明，「你應該知道，他有跟我們接觸過幾次吧？」

龍月點頭，龍夜和疑雁在楓林學院的校門口被光明教會之人綁架後，格里亞為了處理這件事，在他們的眼前出現過幾次。

「你們都知道我會讀心，但其他人不知道，而對於一再出現於眼前，卻陌生不認識的人，如果不看看他心裡在盤算什麼，似乎太對不起我自己。」

說到這裡，龍緋煉勾起唇，哼了一聲，這動作讓其餘三人感覺到一股涼意從自己的背脊爬了上來。

「請問緋煉大人你看到了什麼？」龍月不自覺的接下去問。

「沒什麼，只是剛好看到他有一個深埋在心底的祕密罷了。」龍緋煉聳肩說：「格里亞會使用修復靈魂的魔法，這個祕密他從未跟人說過。」

「咦？為什麼？」龍夜呆愣地說：「會這招很厲害呀！為什麼要隱瞞？」

此話一出，龍月和疑雁都忍不住狠狠白了龍夜一眼。

格里亞不讓人知道他會使用這種特殊魔法，原因非常簡單。

——光明教會。

「夜，光明教會的祭司會攻擊靈魂的招式，如果格里亞會使用治癒靈魂的魔法被光明教會的人知道，他會怎樣？」龍月習慣性的好心給他提示。

下一秒，龍緋煉責怪的目光就從他身上飄過去，龍月一口氣哽在喉嚨，卻不敢有反應的把視線停頓在龍夜身上，裝沒發現。

「呃，他會被殺掉？」龍夜回想光明教會的種種行徑，如果這件事被宣揚出去，格里亞必死無疑。

龍月嘆口氣，拍拍龍夜的頭提醒，「以後想想再問。」

疑雁贊同的點頭，「是啊，這是應該要記住的常識！」

龍夜紅著臉撇過頭，意思是他連常識都沒有嗎？其、其實他是想的不夠多，單純認為格里亞很厲害，才會脫口而出。

「因為他有這項奇特的能力，所以我稍微對他多加關注，而小鬼二號一告訴我暮朔受傷的事，我就去找了那位現成的靈魂治療師。」

那個人就是凮．格里亞，楓林學院的護衛隊隊長。

龍緋煉說到這裡沒有繼續說下去，接下來的狀況，不論是龍月和疑雁、或者腦袋常打結的龍夜都猜得出來他接下來要說什麼。

「緋煉大人你威脅他？」

龍月苦笑，內心替格里亞抹了把辛酸淚，格里亞與他們非親非故，就這樣被龍緋煉脅迫治療暮朔。

話說到這，又有另一個問題浮了出來。

「緋煉大人，你是怎麼跟他說，讓他治療暮朔？」龍月小心提問。

他想，這疑惑在場的人都想知道才對。

「他們抓那名祭司拷問時，一定會知道祭司的靈魂攻擊對小鬼無效。於是，我讓小鬼二號找格里亞過來的時候，就暗示他，我知道他的祕密，如果不想要讓這祕密公諸於世，就把小鬼治好，我會裝作沒有這回事。」

「治療理由？」疑雁忍不住追問。

「就說祭司可能是打偏了，沒有正面擊中，卻誤以為小鬼可以抵禦他的攻擊，但為了以防萬一，還是請他治療一下小鬼的靈魂，以免留下後遺症。」

——好狠！

龍月心中下了這番評論，他想，格里亞被脅迫時，肯定氣得牙癢癢。

然而格里亞不只被人脅迫，還要幫他們找兇手、做後續的補償處理，他懷疑是不是格里亞人太好，被人要脅也沒關係，還會幫人做全套服務。

「後續補償是學院要做的，治療龍夜是私人『請託』，兩件事不能放在一起。」

龍緋煉這番話，讓龍月無言。

好吧，這理由說服了他。簡單來說，就是公歸公、私歸私，兩者不能混為一談。

「真沒想到，治好暮朔的人是格里亞。」

原先龍夜以為暮朔是故意這麼說好欺騙他，直到聽完龍緋煉的解釋，他這才明白當時在「307」號房，格里亞在離開之前，拍他肩膀的時候，他所感覺到的詭異氣息是怎麼一回事。

那絕對是格里亞趁機對他施展治療靈魂的魔法，在治療暮朔的靈魂。

對龍夜來說，不管格里亞是不是被脅迫，他很感激格里亞救了暮朔，他想要報答格里亞，並向他學習有關於治療靈魂的魔法。

他只要知道施展的波動與過程，試驗幾次應該會成功。

龍緋煉與裴睡的暮朔聽著龍夜的心聲，不知道該笑呢？還是覺得龍夜太單純？不過因為了目標就會有努力的動力，是個好的前進方向，所以，龍緋煉才會想要把格里亞拖下水。

讓龍夜第一次因為自己的需求去拼了命的想要達成目標，這樣的話，進步應該會更多吧？

畢竟，龍夜因為暮朔受傷的事，無形中累積了一些壓力和恐懼，讓他明白萬能的哥哥跟他一樣也會受傷，如果一個不小心，也會死。

而且，暮朔跟龍夜不一樣，他只是個居住在弟弟體內的靈魂，他雖然很厲害但卻比任何人都還要脆弱。

龍夜受傷可以擦擦藥、施展法術治癒傷口，暮朔不一樣，他受傷，就代表他的靈魂受到了損傷，那不是說治療，就可以順利解決的。

而龍夜知道暮朔受傷的當下，自己急個半死，卻無法給予暮朔實質上的幫助，那份無力感，即使過了好幾天，依然充斥在龍夜的心頭。

況且，在這個水世界裡，除了他們幾個人之外，其他的人只知道「龍夜」，並不知道

「暮朔」。

就算龍緋煉和暮朔認識格里亞，但龍夜他們卻不知道。

現在龍緋煉已經把話說死了，那是僅有一次的「威脅」，也用合情合理的理由讓格里亞動手幫忙。

此時的龍夜滿腦子都是擔心暮朔「以後」受傷該怎麼辦，對於日後，他一直想不出有什麼預防的方法，而格里亞正好是打破龍夜思考僵局的關鍵。

龍緋煉唇角勾起，他不會阻止龍夜的行動，自願的報恩與學習，那份「想要去做」的動力，可是比單方面的脅迫與壓榨還要高。

所以他絕對不會潑龍夜一桶冷水，就算要潑，也只有格里亞能做。

「夜你在想什麼？」龍月見龍夜低頭發出思考的唔聲，他戳了戳龍夜的頭說：「你想要跟格里亞道謝？」

「嗯。」龍夜點了點頭，「只是不知道該怎麼開口，因為過了好幾天。」

「很簡單，你就說今天才從緋煉大人那裡知道，他有出手治療你。」

「可是這樣明說，他會不會生氣？」

看龍夜擔憂的神情，龍月想了想道：「不會，治療的定義很含糊，他可以聽懂你的意思，但其他人只會認為，你受傷，而格里亞有幫你。」

這樣說的話就不是「傷口上灑鹽」，而且更不會讓格里亞被龍緋煉脅迫的事弄得人盡皆知。

龍夜歪頭思考著，龍月的說法並無不妥，等等跟格里亞談完祭司和告密者的事情，就向他道謝吧，可以的話，不曉得能不能拜託對方教一下自己？

當龍夜還想要繼續談論有關於暮朔和格里亞的事情時，他注意到龍緋煉設置的結界被解除了，不禁疑惑地看向龍緋煉。

龍緋煉做出噤聲的動作，直接道：「他來了。」

「咦？哪裡？」

龍夜左顧右盼，甚至轉過身，背對著雲華館直直望去。

龍月見狀，右手捂著額頭，嘆了口長氣。

「夜，他在這裡。」

龍月無奈揪起龍夜的後領，朝雲華館門口的方向轉去。

當龍夜被動轉過身，在龍月放手後，看到雲華館裡面有一名黑髮垂地的青年。

「我們進去吧！」龍緋煉淡淡地說，推開了雲華館的大門。

「真是抱歉，來這裡的中途處理一些事情，耽擱了不少時間。」

格里亞說完還跟他們鞠躬道歉，完全就是有把柄被人抓到的樣子。

「如果忙沒關係啦！」龍夜趕緊轉移話題道：「請問一下，這裡面為什麼沒有東西啊？」

此時，龍夜一行人在格里亞的帶領下，來到雲華館的一間研究室內，那是只有幾張白色簡單桌椅的房間，看不到任何一個魔法師的研究物品。

「這裡是無人使用的研究室，當然沒有東西。」

格里亞拿出銀白色的摺扇，朝周圍點了點，微笑說道：「這裡雖然空無一物，但基本的魔法防禦還是存在的。」

接著他抬起持扇的手，輕敲著牆壁。

瞬間，牆壁與摺扇接觸的地方浮出一道圓形的白色魔法陣，淡淡的白光緩緩灑下。

龍夜張開嘴，錯愕地看著，從魔法陣傳來的波長判斷，這是將研究室完全隔絕的防禦型魔法。

格里亞確認所有人看清楚後，摺扇展開，晃了晃扇子，魔法陣唰地消失。

「在這裡談話，你們可以放心了吧？」

格里亞拉起其中一張白色椅子坐下來，等龍夜四人各自找位置坐下後，緩緩道：「我想，你們應該會想要知道學院對祭司和告密者的處理方式吧？」

「我們唯一能談的，應該是告密者？」

龍緋煉的話是疑問句，但是除了龍夜以外，其他人都知道這是肯定句。

那位祭司早就死了，不可能有第二種處理方式。

龍緋煉更從格里亞的思緒中，讀出了楓林學院的處理手段。

龍月也點頭附和，他們已經從龍緋煉那裡得知祭司已經被護衛隊給處理掉，能談的，自然只剩下告密者。

「嗯？」格里亞用摺扇遮住半張臉，「你們怎麼這麼肯定只有告密者的事要交代？祭司那部分雖然尚未告一段落，一樣可以先說給你們知道。」

「等等，祭司不是死了?為什麼他的事情還在處理?」龍月太過吃驚，才會沒有注意到自己說出了他們本該不清楚的事。

格里亞聽到龍月的失言，雙眉揪緊，暗自朝龍緋煉瞥了一眼，內心嘖了一聲。

早知道龍緋煉會讀心，沒想到這傢伙讀了他的心，還把內容告訴同伴!

龍緋煉瞟了格里亞一眼，露出一抹挑釁的笑，龍夜、龍月和疑雁見狀，全都鐵著一張臉，不敢相信這位大人居然會這麼反常，做出這麼明顯的動作。

——這傢伙是故意的。

此時，格里亞內心罵了龍緋煉無數次，看來他是不打算讓自己留一手。

格里亞故意向後退了一步，假裝在戒備他們，「你們從哪聽到的?」

嚴厲的喝聲在研究室內響起，龍夜他們全部看向龍緋煉，聽他如何回答。

龍夜是不知道祭司已死的事，心中有些許的疑惑，問題是目前這種狀況，說他什麼都不知道，百分之百會被某人打死，乾脆保持緘默。

龍緋煉雙手交叉，圈在胸前，「算是剛好看到吧?」

格里亞是拷問完祭司後，將他扔到暗巷處理掉，他當然可以假裝自己剛好路過。

「算你有理。」格里亞啪的一聲闔上了摺扇，掩飾自己不滿的情緒道，「我派了一個人假裝成那名祭司回去光明教會，不過為了他的安全著想，我本來是不打算告訴你們這件事的。」

「咦？為什麼不說？」龍夜反射性的追問，「不是說會完整報告給我們聽？」

下一秒，龍夜就被龍月敲頭了。

龍夜一臉無辜地看著坐在身旁毫不猶豫就動手的龍月，正想抱怨。

龍月搶先道：「格里亞應該有自己的計畫吧？如果他將正在進行的事情跟你說，情報不小心流了出去，派出去的人遇到危險時，誰要負責？」

龍夜摀著發疼的額頭，是啊，龍月說的沒錯，他只能自行承受問錯話的後果。

「說話前先想想合不合理，不是常識嗎？」疑雁又推出了常識論。

龍夜再度倍受打擊的紅著臉扭過頭，好、好吧，他確實是缺乏常識。

「下次小心點。」

龍月在龍緋煉似笑非笑的目光裡，忍住顫抖的直覺反應，輕輕拍了拍龍夜的肩膀，鼓起勇氣的提醒他。

如果不能在遇到麻煩時給龍夜提供幫助，那麼他僅能夠在這種龍緋煉可以「稍微容忍」的平時相處、對話中，積極的對龍夜提醒與指正。

想必一說再說，總有可能讓龍夜記住什麼是能說與不能說，讓他再成長點。

奇怪的是疑雁，他難道也被緋煉大人「命令」了?今天真配合啊!

以往存在感極低，能不說話就不說話的疑雁，今天十分離奇的配合著他，一起打擊龍夜，就算讓龍夜再尷尬，一樣會毫不猶豫的開口。

看來，疑雁會這麼反常，緋煉大人出了不少力吧?

「把話題拉回來吧!」龍緋煉確定龍夜有受到教訓的回歸正題。

「沒問題。」

格里亞將手中的扇尖指向龍月，對他輕點一下，「他剛說的沒錯，雖說學院是中立，不論立場，任何有關於教會間的糾紛都不可以進駐校園。見到祭司可以驅趕、看到獵人可以抹殺，但這次的狀況有點特殊。」

「怎麼說?」龍月問。

「這次學院沒辦法處理祭司，並不是因為我們私自抓走他之後，光明教會來跟我們討人，而是祭司與獵人聯手綁架你的同伴時，並沒有目擊證人。雖是如此，但祭司綁架行為是真，我們關他幾天給他懲戒就算了，私下處決還是做不得。」

格里亞兩手一攤，表示自己很無奈。

同時，所有人瞥了他一眼，既然麻煩，人還殺了……是殺好玩的嗎？

「你們私下帶走，又沒人知道，殺了也沒差。」疑雁摸著腳邊的小狼，淡淡地說。

「沒錯，但這麼做，你們會有麻煩。」格里亞被龍夜疑惑的目光擊敗。

「這麼說吧，光明教會內，不知情的人大概會以為他失蹤，或者是有事外出，反之，派遣祭司行動之人會知道他的下落，如果祭司一直沒有回來，自然會猜想他可能遭遇到不測。所以，我就派遣我的隊員去教會混淆視聽了。」

「可是你的隊員又不是祭司，他要怎麼混進去？」龍夜疑惑地問。

格里亞晃了晃手，神祕地說：「這當然是祕密。」

「很簡單，假裝失憶就好。」龍緋煉不給格里亞面子，直接幫他公佈答案。

格里亞白了龍緋煉一眼，「一個好好的人，回去後記憶全失，他回去跟不回去是一樣的，還有可能被當成棄子處理掉。在我殺掉祭司之前，有用魔法探索他的記憶，我把他的記憶給了偽裝進入的隊員，讓他佯裝自己接了任務後這段期間的記憶因戰鬥受到重創而喪失，好讓光明教會暫時放棄找你們麻煩，轉而重點治療他。」

「可是這麼做，不是會給我們增加更多的麻煩？畢竟獵人已死，回去的祭司又失去相關的記憶，你不怕光明教會因為這件事，而加派人手對付我們？」

龍月皺眉，對格里亞這席話無法苟同。

「同感，最好的處理方式，還是直接讓祭司消失，省時又省麻煩。」

在這方面，疑雁認同龍月的論點。

反正格里亞把祭司抓入學院是暗著來，沒有人看到，就算他讓這名祭司永久「消失」，也不會有人懷疑這是學院做的。

只是，格里亞殺了人後，又派人假扮祭司回去，根本是自找麻煩。

格里亞耐心解釋，「我派人進去，能較快知道光明教會為什麼對你們執著。」

當然，格里亞還有另外的考量，目前他不希望光明教會又派人進入學院找龍夜等人麻煩，一方面是告密者的傳訊方式尚未查出。

如果光明教會因為祭司與獵人的雙雙失蹤，再度「啟用」像告密者那樣的人物，到時龍緋煉又要找楓林學院麻煩，最後又是他們到處奔波的去調查，那他還不如讓獵人繼續失蹤，扔一個失憶的祭司回去，讓教會自己煩惱。

畢竟，有個能付出的目標（失憶的祭司），教會也不會胡亂找人麻煩。真要找人麻煩，也必須有證據，同樣焦點得放在讓祭司想起記憶的事上。

此時的光明教會很煩惱吧，他們派出去的人一個失憶、另一個又失蹤，他們不只要想失蹤的人跑去哪裡，還要思考該如何治療失憶的祭司。

所以，龍夜他們可以稍微鬆口氣。

龍月聽完這些解釋，心裡疑惑暫時擱下，將目標指向告密者，看他是否知道指派祭司的人究竟是誰，畢竟，告密者是接收委託之人，不至於不知道委託人。

「你有從告密者那裡，問出指派祭司前來楓林學院的人是誰嗎？」

格里亞搖搖頭：「現在問出來的指派者，和你們的事情沒有交集，看來得要等找到事情的源頭，把兩個點串成線，才能知道真正的情況。」

龍月明白了，「到時候還請你幫我們解答。」

雖然亞爾斯諾有與他們解釋過被追殺的緣由，但那僅限於「黑暗教會」這一方的解釋，這讓龍月有些好奇光明教會是用什麼心態來看待他們。

格里亞笑了一下，正打算終止關於祭司的話題，準備提及告密者時，他的頭猛地抬起，目光移到研究室的門口，「等等，我這裡有點狀況。」

他離開座位，走到門口，打開研究室的門。

在門的外頭，站著一名身穿學院護衛隊制服的男子。

男子端正地站在門外，對格里亞說：「隊長，有事發生了，想要請您處理。」

chapter 03 報恩的方式

格里亞側著身，對隊員勾了勾手指，「詳細情形，等進來再說。」

站在研究室門口的護衛隊隊員，面對那個勾手指的動作一愣。

「咦？好。」

隊員僵硬地點點頭，進入了研究室中，而當他看到這研究室內坐著四名不認識的人，緊張的神情頓時變成苦瓜臉。

「隊長，這裡、他們……」

「沒關係，你直接說，反正不是什麼大事。」格里亞攤開摺扇，持扇的手輕輕晃動，搧出些微的清風，輕鬆地說。

「是，知道了。」

既然隊長這麼說，男子不再堅持：「剛剛收到消息，商會出了狀況，席多先生要我來通知您。」

「直接用通訊魔法聯絡我就好了，何必這麼大費周章？」格里亞揚眉，嗓音一沉，口氣顯得有些不悅。

發現有人明知道研究室有人使用還刻意接近時，他還以為是告密者那邊的人終於開始行動，害他期待了一下，直到發現對方的腳步聲聽起來很熟為止。

「呃！」

護衛隊隊員沒想到他們的隊長會翻臉，神色慌張的解釋。

「因、因為席多先生說您在忙，使用通訊魔法會打擾到您，不如讓我在門外等隊長把事處理完後，在第一時間內通報，這樣比較好。」

龍夜聽男子一再提起「席多先生」，那個人在護衛隊內顯然有著一席之地吧？不然男子也不會因為席多先生的一句話，就跑來這裡找格里亞。

「算你說的有理。」

格里亞立刻轉換話題，「商會怎麼了，他們今天不是要跟我們交接，把商會的委託物品送入學院？難道他們那裡有人反對？如果是這樣，你叫席多他們回來，讓商會自己先解決他們的內部問題，再跟我們提委託。」

格里亞的冷淡回答，讓男子感覺到一股寒風吹了過來。看來這幾天商會鬧出來的事情，讓他們的隊長已經失去了對商會的耐心。

「月、月，他們說的商會是東區的商會？」

反觀在嚴肅處理護衛隊之事的隊長與隊員，龍夜這方就顯得有些詭異。

龍緋煉一手輕托著下巴，貌似在傾聽對話，但是更像在發呆、疑雁低頭摸著他心愛的寵物，而龍夜則是小聲地詢問龍月。

「不然你以為是哪一間？商會就只有一個不是嗎？」

龍夜點點頭，看來格里亞和他的隊員在討論的商會，真的是首都最大的貿易買賣商會——菲斯特商會。

「隊長，我要跟你報告的不是這個問題。」

商會內部交惡的狀況就連身為隊員的男子也知道，他緊張地否認，又道：「席多先生要我告訴您，『那東西』被偷了。」

格里亞聞言，摺扇啪地收起，扇尖輕拍著肩膀，「東西被偷了和我們有什麼關係？東西又不是在我們手中遺失，商會找我們，是要尋我們開心嗎？」

「告訴他們，請他們去找銀凱的守備隊，別找學院護衛隊！我們不是他們的商會守衛，請他們另請高明。」

格里亞冷冽的口氣讓男子嚇得縮了一下肩膀，一向溫和的隊長不滿了。

也是啦，一面懷疑學院的防備能力，拖延著物品交接時間，一面又在物品丟失後，想把麻煩扔過來，要他們負責解決，這雙重態度實在是太差勁了。

「隊長，席多先生說，請您一定要過去商會現場看一下，他說您只要去了就會知道原因。」

格里亞見隊員仍然堅持要他前往位在東區的商會，心中湧出些許的好奇：「好吧，你回去告訴席多，我把這裡的事情處理完就過去。」

男子見格里亞終於鬆口，他心中的大石放了下來。

他將右手掌心放在心口上，對格里亞行禮完後，快步離開研究室。

男子一走，格里亞的嚴肅神情瞬間斂起，變成無奈地表情，一邊晃著摺扇，一邊苦惱地抓了抓頭髮，對龍夜等人說道：「總之，我這裡有一點狀況，這件事有點棘手，你們有什麼問題快點問一問，我要去處理緊急事件。」

龍月和疑雁見格里亞變臉的速度比翻書還快，頓時無語。

狀況？從格里亞適才與隊員說話的口氣看來，他們一點也聽不出格里亞有將隊員所報告的事情看成緊急事件。

龍緋煉則是勾起唇輕哼著聲，不做任何表示。

雖然龍緋煉他們將格里亞這番話當成玩笑話，但龍夜卻當真了，他沒想到這麼快就有報答格里亞恩情的機會。

「那個……你說的那件事很急嗎？那需不需要我幫忙？」龍夜小聲發問。

「嗯？」

格里亞愣了愣，懷疑地說：「你要幫我忙？」

龍夜點頭，有點不好意思地搔著臉頰。

「剛才那個人回報的是不是很嚴重的事？我想，我應該可以幫你一點忙。唔，就算那件緊急的事情不需要我幫忙，有沒有其他的事情可以給我做？」

原先格里亞可以當作自己聽錯，但龍夜的複述讓他確定自己的耳朵沒有問題。出了名只會索要幫助，不會自行面對的龍夜，是為什麼原因想要幫忙自己？

正當格里亞想要詢問時，他的腦海自動浮出龍緋煉的嗓音。

『別問了，我把那件事告訴小鬼了。』

格里亞雙眉揪起，斜著眼，看著龍緋煉。

——什麼事？

格里亞打開摺扇，掩飾自己在與龍緋煉「交談」，此時，他的眸中透出困惑的眼神，有什麼事可以讓暮朔的弟弟開口說要幫他？

嗯，這麼說也不太對，應該是龍夜自己單方面想要幫他分擔工作。

『就那件，我告訴小鬼，是你治好暮朔。當然，我把你說成了受害者，一個被我脅迫的受害者。』

龍緋煉傳完這段訊息後，又將他跟龍夜三人解釋的理由丟給格里亞看。

他看格里亞臉色發青地看向自己，挑釁的對他微微一笑。

格里亞見龍緋煉那陰險的笑，狠瞪過去，真想揪住龍緋煉的領口對他破口大罵。

他被算計了——格里亞內心慘嚎。

他一聽到龍夜積極的想要幫他做事，真的一度懷疑自己的耳朵出了問題。

知情之人都知道，暮朔的廢柴弟弟是個好奇心重、常惹麻煩又處理不來的人，要他主動幫人忙，除非是暮朔拿出一把刀，抵在龍夜的脖子旁，逼他含淚答應。不然要龍夜親口說出「我想要幫忙」這五個字，那是比登天還要難。

再說了，誰有膽子要廢柴幫忙？是嫌事情不夠多嗎？

『主動的索求，總比被我被動的壓迫好。』龍緋煉認為這很有道理。

格里亞能夠理解龍緋煉的意思，有慾望的去追求，才能讓一個人全心全意的投入其中，這確實是讓龍夜快速成長起來的捷徑，只是他不希望這些事跟自己扯上關係。

——算你狠，你想怎樣？

格里亞死不放棄的傳出訊息，言詞中充滿了憤恨色彩。

『答應小鬼的請求，讓他幫忙。』

——你看我像是善男信女，收容小鬼還兼包養照顧嗎？

瞧他的隊員看到他就跟見到鬼一樣，就知道他平常是怎麼管理隊員。

當然，也有少數幾個例外，但格里亞很肯定，龍夜無法成為那幾名「例外」，他的待遇僅會和普通隊員一樣。

『誰要你包養照顧了？』

龍緋煉低頭，從袖中拿一顆石頭，像無聊似的，在掌中把玩著，並一面傳訊，『你要拒絕小鬼的後續要求，賞他一個閉門羹也可以，但前提是你要先同意讓小鬼幫忙你，再之後的事，我不管，你想怎樣都隨你。』

——隨便我？你到底想要什麼花招？

龍緋煉這段訊息讓格里亞疑惑了，自己可以白用龍夜這個免費勞工，還不用理會他索要報酬的舉動？這生意有這麼好做？

『你也明白的，沒有人會隨意教對方自己的拿手絕招，龍夜既然想從你那裡學到治療靈魂的方法，他就必須有被你拒絕一萬遍也不放棄的決心。』

——我就說你是別有所圖，居然想讓我教龍夜治療靈魂！

格里亞萬分慶幸自己沒有馬上同意，免費的餡餅果然吃不得。

依照龍夜超級有名的廢柴程度，要教會他治療靈魂？不如躺在床上夢想賢者明天就會從他面前的地上鑽出來，告訴他已經找到方法拯救暮朔。

是的，這兩者的艱難和不可能程度，是可以相提並論的。

『別拒絕的那麼快，你到底教不教他治療靈魂，我不會插手。你只要接受他的幫忙，接下來你可以按照你的方式要求小鬼，再嚴格、再殘酷都沒有問題，他如果受不了哭著回來，我不會讓其他人對你怎樣，畢竟，這是小鬼自己選的，他怨不得人。』

——你有那麼好說話？真的不教也沒關係？

格里亞很難相信啊，尤其龍緋煉後頭還站著一個暮朔。

這兩個傢伙聯手起來，自己鐵定是屈居弱勢的一方，要是不小心一頭栽進他們合作挖出來的陷阱裡，再想爬出來，就是不可能的任務。

『我和暮朔都可以發誓，你接受龍夜的幫忙後，一切後續我們不插手。』

——這是你說的，如果我把他壓榨到死，你可別找我算帳！

格里亞的眉角向上抽了一下，摺扇啪地收起，強行中斷他與龍緋煉之間的交談。

龍夜誤以為格里亞的動作是想要拒絕自己的提議，他趕緊解釋，「如果剛才那件事不需要我幫忙，還有其他我可以做的工作嗎？我是真的想要幫忙，不是想搗亂。」

「自願？」

格里亞走到龍夜身前，故意揚聲，讓在場其他人可以聽到。

龍夜聞言，用力點頭，「對，自願幫忙。」

「很讓人懷疑你的動機。」格里亞刻意用懷疑的目光上下打量他。

「那、那個，我、我想要謝謝你治療我。」龍夜起身，大大的鞠個躬。

「為了道謝，想幫我做事？」格里亞不信的質疑。

「嗯，當、當然還有……」龍夜遲疑著，不曉得該不該說下去。

「不給薪水、不給津貼，待遇只會差不會好，這樣也願意？」

格里亞當機立斷的打斷龍夜未完的話，開玩笑，要是讓龍夜把幫自己做事後，想要自己教他治療靈魂的方法的話講出來，不是交易也會變成交易。

更因為帶了點想拒絕的惡意，他把話說的十分尖酸刻薄。

「你！」

龍月瞬間火大了起來，龍夜是想要幫忙，格里亞的說法卻讓他無法苟同，這說法根本就像是在徵收一個免費又可以操到死的義務志工。

「做不到嗎？想做我的隊員不是那麼簡單的。」格里亞挑釁的說。

「我、我會努力做到的。」龍夜卻是不想放棄的開口爭取。

龍月才想開口幫忙龍夜索取點回報，免得他做白工之外又白白被人欺負，一股莫名的壓力忽然朝他襲來，讓他無法站起、聲音也沒辦法發出。

『難得小鬼有想要做的事情，你可別搗亂，龍月。』

冰冷的話語傳入龍月的耳中，那是龍緋煉的嗓音。

『別忘了，你答應我和暮朔的事情，你就當一個局外人，一直看著就好。』

迴盪在龍月腦海中的嗓音與莫名的壓力，在話完後消失。

冷汗爬滿了龍月的背，順著流下，他癱倒在白色的椅子上，大口的喘氣。

疑雁有注意到龍月的異狀，但他一看到龍緋煉那抹意喻不明的笑，大概也猜出了一點原因，便沒有詢問，低頭玩著腳邊的小狼。

至於龍夜，他的注意力全放在格里亞身上，自然不會察覺到龍月的異常。

「你真的是為了要跟我道謝才想要幫我忙？我話可先說在前頭，自願幫忙是拿不到好處的。」

格里亞噙著一抹笑，沒有要讓龍夜馬上回答，給他一些思考的時間。

既然當事人都說自己是自願協助的，那麼就算格里亞要他當免費的員工，龍夜也不能抱怨。

而且，正式的護衛隊隊員是有薪水和津貼，可是工作量多到隊員們都認為這薪水賺了也開心不起來，因為這些錢與他們的勞力支出無法劃上等號。正因如此，他們時常去哀求格里亞，請他收人加入護衛隊，減輕他們的工作量。

如果龍夜此時露出一絲不願意的神情，那麼不管龍緋煉再怎麼表示，他也絕對不會收下龍夜。

疑雁聽到這麼刁難的回答，對龍夜問道：「夜師父，你要答應？有常識的人是不會沒有好處的做白工，因為付出跟收穫不成正比。」

又、又是跟常識有關嗎？龍夜對此覺得很受傷。

好吧，他就是個沒有常識的人，就算格里亞一副不論他幫忙做了多少事，都不會給他半分回報的姿態，龍夜仍是不想放棄。

一方面是感謝格里亞救了自家的哥哥大人暮朔，一方面是他相信自己在哥哥的「調教」下，不用人教，只要多接觸那種治療靈魂的魔法幾次，總會摸到一點規律。

又不是沒有被暮朔這樣折騰過，從一點法術使用時的波動，就要他還原整個法術的施術過程和確保法術的完整效果，他是有練過的。

這麼一想才發現，暮朔真的教會了他很多事，在現在這種自己想幫到暮朔的狀況上，居然還是依靠著暮朔曾經教過他的手段，看來自己真的很廢柴。

「我不會放棄的，我要幫忙你。」龍夜望著格里亞，用力地點頭。

疑雁再度追問，「他要你當免錢的小弟也一樣？」

「當然。」龍夜肯定地說。

這可是他能夠讓格里亞收留他的最好機會，錯過了，他可不知道還要等多久，才可以遇到這種良好時機。

如果就這樣被嚇跑，那他以後休想偷學格里亞治療靈魂的技術了。

「哼。」

格里亞勾起唇，發出淺笑，看來暮朔的弟弟比他想像中的還要有骨氣，那一句話倒是給他加了一點分數。

「小子，你叫龍夜？」

龍夜點頭，「對，不過龍是姓氏，我的名字是夜。」

進入這個世界之後，龍夜知道這裡的人都是名在前、姓在後，他怕格里亞叫錯，便先提醒。

「嗯，直接叫你龍夜好了。」

格里亞晃晃摺扇，「我先跟你聲明，我不喜歡礙手礙腳的人，你要幫忙可以，但如果你太礙事，到時候別怪我翻臉趕人。」

「沒問題，我會注意的。」龍夜說：「目前我可以幫你什麼？」

「目前倒是沒有，你暫時跟我一起行動，一有事情就會分派給你。我醜話先說在前頭，動作慢的話，我不會等你。」

「好的，沒問題。那等一下我們這裡的事情處理完，我再跟你走？」

雖說格里亞收容了自己，但龍夜還不知道確切的「工作」時間。

「『格里亞先生』。」

格里亞糾正道：「你雖然不是護衛隊的隊員，但你現在屬於自願幫忙的人員。隊內的規矩你要遵守，要給我最基本的尊重。」

一直聽龍夜用「你」來稱呼自己，格里亞不得不鄭重提醒。

畢竟，上下關係是要確定出來的，這樣也是方便其他人辨別誰是管事者。

而在他手下工作的隊員們不是叫他「隊長」就是「格里亞先生」，縱使龍夜是自願幫忙的免費幫手，在受不了離開前，龍夜還是要遵守他這項規定。

「是，格里亞先生。」龍夜緊張地說。

感覺上，眼前這名黑髮青年的規定還真多，看來自己要小心一點。

龍緋煉瞥了龍夜一眼，輕輕地笑了。

他開始期待龍夜接下來的發展，看會不會因為這件事，而讓龍夜的功課進度大大的向前跨了一步？但期待歸期待，還是得先處理一下正事。

放走的祭司可以稍晚處理，但還留在楓林學院內的告密者就不一樣了，他倒是要看看這位告密者究竟有什麼能力，可以將他們的情報洩露出去。

位在首都銀凱，最中央、屬於光明教會專屬區域的中央區內。

兩名有著相似的容貌，身穿白色祭司袍服，頭上帽子與衣袍邊緣有著銀金色紋路的男子，正沉默的並肩而站。

他們是光明教會的大主教。

其中一名有著褐色短髮的大主教，看起來較年輕；另一人的褐髮及肩，還略帶灰白，很容易分辨出來。

兩人眼神交會半晌，終於打破僵局，雙雙邁步前進。

不一會，他們來到教會內部，屬於大主教休息室的地方。

一踏入休息室的範圍，年輕的褐髮大主教褐眸輕掃，將九道白色房門掃視一遍，目光一抬，停在一處門的上方，飄浮在門上頭的圓形球體是黑色的。

人不在？他為此眉頭微微上揚，露出不悅的神色。

另一名大主教拍了一下他的肩膀，「米那，我們先進去。」

語落同時，他推開其中一道球體也是黑色的大門。

推開瞬間，光球由闇轉亮，他進入之後，對著站在門口，還在看另外一道門的大主教催促，「米那別看了，快點進來。」

米那眉一壓，不滿的收回視線，用力甩手，走入房間。

當門完全關閉，米那看著桌上堆滿文件的辦公桌，頓時無語。

「哥，你的桌子上……」米那用手抵著額頭，頭痛地說道：「公文怎麼堆了這麼多？沒看？」

他走上前，拿起最上面的一份文件，看了一眼，眉角微微上揚，假裝沒有看到這些文件，默默又將它放回原處。

「莫里不在他的房間裡。」米那側著身，看著房門說道。

說完，他回過頭，注視著他的兄長——米隆，等待他的回應。

「例行會議開完很久了，不是嗎？如果沒有別的要事處理，早應該回來了，他究竟去哪裡了呢？」米隆來到他的辦公桌前，手指輕敲桌面，思考著。

「哼，他在教皇冕下那裡吧？」

米那哼了一聲，言詞中，聽不出一絲對自己所信仰的教會教皇有任何的尊敬，「哥，你知道兩、三天前被人通報失蹤的祭司吧？」

「祭司？」

米隆翻動腦中記憶，點頭，「我知道。這件事傳到你的耳裡了？」

「呵，當然。」米那微笑道：「聽說，莫里對於失蹤祭司的行蹤很感興趣，他還派人去找祭司呢！」

不用多說，他們也知道莫里所派出去的人是黑暗獵人。

雖然米那一臉的微笑，米隆卻可以從他的眸中看出瞬閃而過的不屑。

「他挺積極的。」米隆說：「還說如果祭司回來，要馬上將人送到他那裡。」

他說完伸出手，翻動著桌上的文件。

「哼，那名倒楣的祭司該不會被他騙去做什麼殺人放火的工作？」米那冷哼道：「聽說那名祭司失蹤前，和一名黑暗獵人有過接觸呢！這群『激進派』的傢伙真是夠了，是想要把教會搞到烏煙瘴氣，人人厭惡嗎？」

米隆對此只能搖頭嘆息，「他們一直是那樣。」

所謂的「激進派」，是以教會人員來說，不論是不知道「聖物」之事的新進祭司，還是知曉內幕的主教階級的教會人士，都將黑暗教會視為敵人的那一類。

反之，認為就算是黑暗教會，也該有自己的生存空間，不想濫殺無辜，甚至想要與對方回復到神明依然存在，光明與黑暗教會和平相處時期的人，是「溫和派」。

米隆和米那是「溫和派」的領導者，而他們口中所說的莫里大主教是「激進派」的領導者，同時也是負責派遣黑暗獵人的負責人。

雖是如此，實際上，莫里只是激進派的傀儡領導者，實際上操控他的主人，是光明教皇。至於光明教皇為什麼得退居幕後，暗自對莫里發號施令，是因為教皇不能有任何的主張偏見，必須是「中立」的。

要光明教皇這名「前」激進派之首對其他人，包含黑暗教會在內要有憐憫、和平的包容心，乾脆送他一把刀，讓他自殺算了。

因為如此，就算莫里坐上激進派之首的位置，他還是得聽光明教會最高領袖的話，對他唯命是從。

米那一想到光明教皇和莫里，心情實在好不起來。

「哥，你不覺得奇怪嗎？失蹤的人好不容易回來，也不讓他休息，莫里開完會後，就帶著祭司不知道去哪裡，過沒多久，他一個人回來後，說要回主教休息室。結果呢？說要休息的人居然不在、被帶走的祭司也不知道下落，真的很不對勁。」

米那兩手緊握，神色顯得十分不滿。

「米那，冷靜。」

對於脾氣不好的弟弟，米隆好心提醒，「脾氣別一直這麼糟，這樣無法成為祭司們的榜樣。」

「沒差。」

米那煩躁的揮了揮手，「我是依循正規程序成為大主教，那些人想要檢舉我，也要找出我違法的地方。反正，我只要在信眾面前保住溫和的一面就行了。」

米那所說的，是那些想要借題發揮把他拉下大主教位置的激進派人士。

面對米那理直氣壯的言論，米隆無奈的搖了搖頭。

「不過，如果莫里臨時變卦，不回到休息室，直接去找教皇冕下，那麼，他們是要談什麼呢？」米隆抽出一張公文，猜測起來。

「明知故問。」

米那毫不顧忌的說：「如果祭司真的是他們派出去的，祭司失去這幾天的記憶，就代表祭司的任務失敗了，所以他們要商討接下來的對策吧？」

「說的也是。」

米隆把手中的公文遞給米那，「不過我們很幸運，那位祭司回來時，是我在第一時間發現的。」

米那揚眉，將手伸過去，將公文拿了起來。他朝文件瞥了一眼，哼聲道：「你又跑去找你的『朋友』？」

文件上密密麻麻的文字，全部是寫著有關一個人的資料。

——那是楓林學院內，一位院生的資料。

米隆笑著沒有回答。雖說是「朋友」，但這些「朋友」一個比一個難搞。

因為，他們所謂的「朋友」，是情報組織的代稱。

「不過，你朋友給出這個是要做什麼？」米那晃了晃手中文件。

「他要我去學院贖人，來抵過下次的交易費用。」米隆聳肩道：「他們為了這件事，還送我一個免費情報。」

「這免費情報該不會……」

米那想起方才兄長提到「發現」祭司的事。

「是呀，所以我搶在其他人的前頭，找到那名祭司。」米那不諱言地說：「我發現他的時候，他還倒在楓林學院附近的巷子裡昏睡呢！」

米那聞言，有些訝異那個地點的點了點頭，「嗯，問到什麼了？」

米隆聽到米那的發言，苦笑道：「你忘記了嗎？那名祭司失憶了。我叫醒他的時候，他還以為自己在教會內禱告，雖然是三天前的事情。」說到後面，米隆不忘補充。

「那你這個情報得了不也是白得？」米那翻了翻白眼，脾氣暴躁的問：「你也覺得很奇怪吧？一個好好的人失蹤回來，居然失憶了。」

「我問了他一些問題，他都可以回答，似乎沒受什麼無法挽回的損傷，甚至從他的話裡聽起來沒有什麼奇怪的地方。」

米隆笑道：「但我們可以確定一件事。」

「什麼事？」米那快被他的話繞昏頭了。

「雖然不知道祭司為什麼遺忘了這幾天的事情，但我們可以確定，他與那名在學院內，需要我們去贖他的院生有關，如果我們把那位院生帶出，應該可以知道祭司被派遣出去的原因是什麼。」

米隆左想右想，也不認為他那些混情報買賣的「朋友」，會這麼好心把光明教會的祭司還給他們，除非祭司與那名院生有關。

不然，那些人不會要他去學院把一名院生帶出來，還順道通知他們，把光明教會的祭司領走。

「你朋友有跟你說是在什麼時候贖人嗎？」米那把文件還給米隆，問道：「你會派人吧？」

「當然。」

米隆接回文件，「不過，你可能需要跟著過去。」

「要我見機行事？」米那看兄長點頭回應，笑著說道：「那我先回去？」

米隆揮了揮手，「嗯，你先回去，我再通知你。」

到此，米那打開了米隆休息室的大門，回到隔壁、屬於他的休息室內，等候兄長的外出通知。

一場突發意外，格里亞原先談論的話題被打斷，還收了龍夜這名新的免費小弟。

雖說該說明的還是要全盤告知，但他因為要趕時間的關係，轉而直接帶領他們前往告密者所在之地，也就是楓林學院的楓樹林區域。

龍夜看著周圍的楓樹，內心五味雜陳，感覺十分詭異。

這樹林是他之前做任務的地方，記得當初為了院長的測驗，在這裡待了不短時間，而對於格里亞將他們帶入每個人都可以進入的樹林區，龍夜疑惑了一下。

那名告密者就在這裡？

如果真在這裡，那麼，那個人在哪裡呢？

他記得，這附近沒有什麼可以藏人、可以審問人的地方。

龍夜望向龍月和疑雁，他們看到龍夜疑惑的眼神，同時搖頭，因為就連他們也搞不清格里亞在想些什麼，唯一知道的，大概只有龍緋煉。

但面對那名恐怖的紅髮青年，他們索性假裝自己沒有疑問，悄然地跟著格里亞的步伐，往樹林內走去。

「看你們的樣子，有疑問？」

前方的黑髮青年側著頭，嘴角微勾，「印象中，你們三人中，有兩名魔法師？魔法師用魔法查探一下附近吧！」

格里亞所指的是龍夜和疑雁，探查魔法是每位魔法師一定要學的基礎魔法，雖然他知道龍夜他們並不是水之世界的人。

但在龍夜的認知裡，格里亞是標準的水世界居民，他才故意這樣說。

龍夜聞言，自動探查起附近，他探查到一半，露出驚愕神情。

在他身旁的龍月見狀，皺起眉頭，「怎麼，這裡有異狀？」

「嗯……」龍夜不確定的說：「那裡好像有東西。」

說完，他抬起手，朝左前方比去。

龍月順著龍夜所指的方向望去，眼前只是一般的樹林區域，看不出不同的地方。自知自己沒有龍夜那麼強的感知能力，直接投降。「告密者就在那邊？你可以看到裡面嗎？」

龍夜搖了搖頭嘆道：「沒辦法，那個隔絕結界我無法透視，我的探查被它給彈了回來。」

格里亞聽著後方的討論，唇角上揚，露出一抹淺笑。

他的結界如果可以被龍夜看透，他這護衛隊隊長的位置就可以拱手讓人了。

「格里亞先生，那位告密者在那裡？」龍夜問道。

「沒錯，修恩．斯狄亞同學就在裡面。」格里亞打開摺扇，微微搧風。

「修恩．斯狄亞？」龍夜叨唸著陌生的名字，對此感到納悶。

「嗯，他就是把你們的事情說出去的告密者。」

格里亞再向前幾步，持扇的手大力一揮，前方的景物瞬間蒙上一層膜似的，可以看到一層結界包覆著前方區域，但結界內中的景象依然不清楚。

格里亞將打開的摺扇「啪」地闔上，前方的結界應聲消失。

結界一撤除，露出內中真實模樣。

「這裡居然！」

龍夜見狀，忍不住發出驚呼。

他暗自考慮，哪一天無聊的時候，用探查術探查全楓林的楓樹林區好了，誰知道在這楓林裡會有一棟小木屋？

龍夜看看附近，這裡是東邊的楓樹林區。

之前他誤闖過的西邊楓林區也被院長們充當儀式場地，拿來淬煉水祕石。

想到這裡，龍夜開始懷疑，這些楓林區該不會有什麼其他用途？

「這裡既隱密又少人出入，是最適合關人兼打人的地方呢！」格里亞笑著說。

龍夜聽到後，被嚇了一大跳。

格里亞先生也跟他們的緋煉大人一樣，是擅長讀心的人？不然怎麼他才一想完，格里亞就這麼順的接話？

龍緋煉聽到龍夜這段心聲，唇角勾起，發出無聲的哼聲。

並不是格里亞會讀心，而是龍夜的問題全顯示在臉上，讓人一看就知道。

對此，龍緋煉考慮要不要找一天的時間訓練龍夜，先教他怎麼控制自己的情緒不要輕易洩露，以免日後龍夜的臉部表情又將情報給「出賣」掉。

「格里亞，你不是趕時間，就別廢話了。」龍緋煉仰頭看著天際，現在快到中午，他們已經在格里亞身上浪費了一整個早上。

「別這麼急。」格里亞揮了揮手，說道：「你們要我把人帶出來，還是跟我一起進去？」

「帶出來。」龍緋煉回答的很快，「誰知道在裡面會發生什麼事？」

他輕聲一笑，紅色雙眸盯著眼前的小木屋，他可以「看到」屋子裡走動的人，如果在外面，還可以用隔絕結界遮蔽，他可不希望動手的時候，會被多餘的人瞧見。

深知龍緋煉心裡所想的，格里亞說：「我知道了，請你們在這裡稍等片刻……」

說到一半，格里亞停住了話，他抬頭看著遠處有一隻白色小鳥飛了過來。

格里亞抬手，白鳥溫順的飛到他的手上，牠的腳上綁著一個透明的小圓珠，他用空著的手將珠子拿下，接著放手將白鳥放開。

所有人的目光都朝格里亞的手望去（龍緋煉除外），格里亞笑著對龍夜等人說：「你們先等一下，我又有事了。」

龍夜見狀，內心只有一句話。

——格里亞先生還真的是個大忙人呀！

不過是一個早上，格里亞就有一人一鳥向他報告狀況。

眾人還不清楚那顆圓珠到底是什麼東西，格里亞就將它捏碎。

「咦？那個東西是什麼？」龍夜看著碎屑落入地面後消失，不自覺發問。

「那是傳聲球，要捏碎才可以使用，怎麼，你不知道？」格里亞拍了拍手，將手中的圓球碎屑給拍掉。

「嗯，因為我是邊境居民嘛，對這東西不了解。」龍夜心虛地說。

格里亞聞言，停下拍掉碎屑的動作，他斜著眼，瞟了龍夜一眼，「怎麼，什麼都不懂的邊境居民到了楓林學院，沒有藉著學院的資源，讓自己增廣見聞？」

此話一出，龍夜發出「呃」的短促音。

方才那句話的意思……他被教訓了？

龍夜當場愣住，不知道該怎麼說下去。

「你的同伴沒有要你提前學習『外面』的各種基本知識？」格里亞語氣冷淡地說：「如果沒有，那我現在就告訴你，我不會因為你不了解這地方，就會多花費時間，將別人都懂得的基本常識解釋給你聽。」

龍夜僵硬點頭，強忍住吐槽的慾望。

說著不會花時間解釋的人，不只把傳聲球的用處跟用法解說完畢，還好心的提醒他要去多看書補充知識，順便還教訓他這些得自己事先提前學習。

似乎一直惡意對待自己的格里亞先生，本質上是個好人啊？

嗯，被緋煉大人威脅了，也沒有偷工減料，救了暮朔之外，還認真處理光明祭司和告密者的事，完全沒有因為私事就隨便處理公事。

格里亞先生真是個公私分明，且做事認真的人啊！——龍夜美好的誤會了。

「噗嗤。」

龍緋煉聽完龍夜心聲，忽然噴笑的扭過頭去。

龍月跟疑雁被嚇到的瞪著他，絲毫不明白這位大人被什麼逗笑。

格里亞暗暗抽搐著嘴角，他眼花嗎？好像看到龍夜望著他的目光在閃閃發亮。

「咳，你那什麼眼神？我說的不對？」他拉下臉。

「沒有，我知道是我做的不夠。」龍夜認真的認錯。

不知為何，龍夜終於體會到，暮朔以前對他一再重複，自己卻不願聽從的那些話全是對的。

格里亞沒有說錯，他不能永遠說自己是邊境居民，就可以理所當然地不學習這裡的知識，因為，並不是水世界的人都認識他、知道他是邊境居民。

特別是當自己對格里亞說「不知道」的時候，他會很不好意思。

明明是自己說要幫忙的，結果變成要別人教導的存在，好丟臉。

以前暮朔常對他說，有問題可以發問，他可以回答。

但對格里亞來說，那是基本知識，根本就無須回答，如果需要回答，那就是他自己沒有做好功課，不能怪罪別人不解釋給自己聽。

面對格里亞的冷言冷語，龍夜覺得早知道要多聽暮朔的話，雖然有時候會被暮朔欺負，但他的出發點都是為他好。

格里亞現在是他的「上司」，他能做的，是反覆揣測格里亞的話語，去推敲這些話的意涵。

龍夜想一想，手抵著額，有點頭痛地檢討自己，貌似從上次暮朔「昏迷」那次開始，他都一直處於「自我反省」的狀態。

對此，龍夜只能暗自認命，偷偷檢討自己以前有多麼的不受教。

面對龍夜難得的內心檢討，龍緋煉緩緩露出不明顯的笑，看來龍夜沒有他所想的那麼不長進，以暮朔的受傷為開端，倒是讓龍夜有了一些新的體悟。

依照目前的進展，過沒多久他就可以進行下一階段的歷練「功課」了。

看來，他必須找一天時間，好好地請格里亞一餐才行。

到最後，讓小鬼願意學習的動力，居然是一名外人。

或許真的如暮朔所說，外人的一句話勝過自己人的千百句話。

一句話，同樣的意思，龍夜都不願聽他們所說的去做，卻因為格里亞的一段話，而開始反省檢討，所以他和暮朔才會把腦筋動到格里亞身上。

看，才一下子而已，效果不就馬上出來了？

瞬間，格里亞感覺到一股惡寒襲來，他身體哆嗦一下，轉頭看著龍緋煉。

看到對方那詭異的笑，格里亞當下轉頭，假裝沒有瞧見。

面對格里亞見到鬼似的神情與動作，龍緋煉低低一笑，不再刺激他的說回主題，「那顆傳聲球給你什麼訊息？」

「挺意外的消息，『對方』請我的隊員把訊息傳給我。」格里亞笑著說：「看來，修恩同學的行情非常好，居然有人願意開條件贖他。」

龍緋煉淺笑，不做任何回應。

「誰？」

龍夜、龍月和疑雁異口同聲的問。

「光明教會。」格里亞輕聲公佈答案，「我們要把修恩．斯狄亞帶出去，讓教會的人出價贖他。」

讓光明教會出價贖人？還是在學院外？

格里亞這一席話讓龍夜的心中多了新的疑惑。

chapter 04 交易

楓林學院是公認的中立地區，就算光明教會要贖走修恩，也是讓他們進入學院再進行交易吧，為什麼格里亞的選擇是離開學院，不怕人會被光明教會搶走？

而這問題，也是龍月和疑雁想要問的，這種做法不像學院的人該有的。

格里亞看著眸中透著疑惑色彩的龍夜三人，壞心的笑了笑，沒有回答就進入小木屋內，將修恩帶了出來。

他出來的時候，身後的修恩被兩名護衛隊隊員抓著，不讓他逃走。

格里亞對兩名護衛隊隊員下達指令：「你們先使用傳送陣轉移到門口，等我的暗號，再把人帶來。」

兩名身穿護衛隊制服的人對格里亞點了點頭，拿出一顆傳送石將它捏碎，三人離開了楓樹林區。

龍夜不明白的道：「格里亞先生，為什麼要分開去學院外面？」

「夜，交易目前沒有談妥，一起去是想開打亂鬥嗎？」

龍月伸手拍打龍夜的頭，看樣子格里亞沒有犯蠢到想把人帶出去給光明教會搶，但是他的心裡還是有些不是滋味，不知道是不是他的錯覺，從見到格里亞到現在，那個人話說的再真誠，也會給他一種不實在的感覺，像在盤算什麼。

「喔，是這樣啊！」

龍夜後悔自己又嘴快的低下頭。

看著懂得後悔自己又不用大腦說話的龍夜，格里亞勾起唇，拿出傳送石在手上拋著，「我要去跟教會談判，你們要留在這裡等，還是一起去？」

龍月和疑雁搖頭，他們不想淌這趟渾水。他們兩人本身就對修恩·斯狄亞沒有興趣，會跟著格里亞一起來到這裡，只是想要知道他的目的。

況且，他們之間的對話一直被格里亞的隊員們干擾，而離開學院也是要跟著格里亞與光明教會談判，龍月比較傾向於在學院內將這些麻煩事一次處理掉。

反正格里亞會再回來，乾脆等他將事情處理完畢，再聽他慢慢說。不然話題一直被打斷，格里亞也很故意的不說仔細，龍月聽得很累。

「你們該不會認為，談判要在學院內？」

格里亞半瞇著眼，笑著說：「學院是中立的、也是最好的談判場地，但是到目前為止，我們沒有『允許』過光明教會與黑暗教會的人進入學院裡面，就算是談判，一樣不許進入。」

「為……」

龍夜才吐出一個字，就把後面的問題嚥回去。

龍月這次沒有幫忙回答，似乎也沒弄懂的看著格里亞。

格里亞隨意開口，「原因很簡單，不論他們想要進入學院的理由為何，我們都不想給他們看清學院狀況，好藉題發揮的機會。有很多學生進入學院是為了躲避、為了生存，不能讓他們曝露在教會的目光下。」

就算光明教會和黑暗教會的人一直有派探子進駐學院，但是以學生身分進來的話，大多會被打上標記，他們的動向變得很好確認，就算他們想偷偷動手腳，也沒有機會，因為他們的行蹤是可以被鎖定、監控的。

而如果不是以學生身分進入，不管進來的是誰，楓林學院內的防護措施都會變得如同虛設，因為掌握不到來者的動向，安全方面會出現極大疏漏。

到時候，對想要避災而躲入學院的學生來說，不再安全的學院，會變得不值得信任，楓林學院的中立信譽也會因此蕩然無存。

龍月和龍夜聽懂了的點點頭，難怪他們惹上光明教會後，別人給他們的優先提議，便是躲進學院，原來學院在院生安危的考慮上，真的很周全。

「沒問題了？」

格里亞邊說，邊暗自瞥了龍緋煉一眼。

對於不想繼續跟的龍月和疑雁，他也希望他們快一點離開。這兩人一直不走，他沒辦法使用傳送石。

龍緋煉聽到格里亞的心聲，對他傳了一道訊息：『想趕人，自己去趕。』

——真的，那把龍夜留下來打發他們好了？

格里亞不甘示弱，哼聲扔回訊息。

他現在可是有「鬼牌」在手，就不信真的把龍夜丟下，有損失的會是自己。

在這裡廢話的時間拖久一點也沒關係，反正商會那邊的事情，沒有龍夜幫忙，格里亞還有隊員在那邊處理，事情也還不到需要加強人手的程度。

面對格里亞的裝死，龍緋煉一想到龍夜這個小麻煩已經推給他，還是「出聲」幫忙，以免格里亞不開心之下，龍夜還沒學到什麼，就被惡意「丟下」。

況且，龍月和疑雁沒有跟隨的動力，龍緋煉也不想勉強，不去是他們的損失。

「龍月、小鬼二號，你們先回宿舍，等格里亞忙完了你們再過來。」

「緋煉大人要去？」

龍月疑惑了，這位大人平常不是很不喜歡湊熱鬧？

「去看看光明教會想要做什麼。」龍緋煉淡淡說著。

龍月逕自將這段話解讀為——不去白不去，順便看看他們在盤算些什麼。

龍月和疑雁不自覺地替光明教會默哀，他們這一次的贖人行動，反而讓龍緋煉得利。

既然這位大人想要過去看看狀況，龍月和疑雁從拒絕變成了考慮。

「你們想要去？」龍緋煉聽著他們的心聲，輕聲笑道：「來不及了，你們先回去等著。」

命令一出，龍月和疑雁只能接受。

「夜你要跟我們回去嗎？」龍月見龍夜一直沒有說話的詢問。

龍夜的工作時間應該會在格里亞要去菲斯特商會時開始算起，就算他沒有跟著格里亞去處理修恩的「交易」狀況，應該沒有關係。

沒想到，話一問出口，龍夜還沒有回答，格里亞便先搶白。

「啊，對了。」格里亞摸了摸口袋，拿出一個藍色的臂章扔給龍夜，「小助手你也要跟著去。」

龍夜愣愣接住臂章，打開手，臂章上面寫著「見習」二字。

「請問這是？」龍夜不確定地看著臂章。

「將它別在你的左肩上，雖然你不是隊員，只是個小助手，還是用這個區別一下你的幫手身分。如果有人問起，就說是來見習的。」

「哦，好。」

龍夜聞言照著格里亞的指示，將臂章別在左手的衣袖上。

看龍夜別好了臂章，格里亞又說：「你最好趁我在處理修恩的事時睜大雙眼，好好地看清楚我的做法，熟悉護衛隊的工作模式，希望等你跟著我到商會之後，可以幫上一點忙。」

「嗯。」

龍夜用力點頭，表示自己沒有問題。

龍月聽完格里亞這番話，知道龍夜沒有選擇的餘地，就轉身和疑雁一起離開。

格里亞等到龍月和疑雁走遠，才將手中的傳送石捏碎，他們同時轉移到學院的大門，一起走了出去，等待光明教會派遣的使者前來。

準備踏出楓林學院的校內範圍時，龍夜猶豫了一下。畢竟先前一走出學院，就被光明教會襲擊，所以他特地注意周圍，確定附近有沒有問題。

但他還沒觀察，就看到格里亞和龍緋煉沒有猶豫的走出去，他才止住探查的想法，跟在他們的身後。

格里亞帶著龍夜和龍緋煉，來到楓林學院正對面的一處無人居住的平房內。

龍夜東看西看的張望著，屋子內空無一物，沒有任何裝潢與擺設，而這地方又正對著學院，似乎是早就準備好用來談事的地方。

格里亞輕鬆地擺動扇子，微微搧風，過了一會，屋內中央地板浮出一道傳送陣的圓形圖形，圓形傳送陣泛起白光，兩名身穿白色祭司袍裝的男子驀地現身。

其中一個有著褐色短髮，另一名男子則是紫黑長髮，他們兩人先是看了格里亞一眼，然後將目光移到龍緋煉和龍夜的身上。

兩人一瞧見龍緋煉和龍夜時，瞳孔一縮，像是不理解這兩人為何在這裡。

饒是如此，他們也沒有詢問。

褐髮男子向前一步，不囉嗦地直接說起主題，「我們今日前來，是想要帶走一名叫修恩‧斯狄亞的院生，你開出贖人的條件吧！」

格里亞打開摺扇，遮掩著唇，看著光明教會的人思考。

過了許久，他緩緩開口：「我一直以為要過來談判的人是小角色，真沒想到光明教會的大主教居然會來這裡。」

此話一出，身穿祭司袍服的褐髮男子冷冷皺眉，似乎對身分敗露感到詫異。

「沒人出賣你。」

格里亞輕笑道：「身為護衛隊的隊長，總是要了解常常在學院外頭找學院院生麻煩的人，是誰派來的，又是從哪裡來的。」

格里亞言外之意，是他對光明教會的內部成員有幾分的了解。

褐髮男子聞言，理解地點頭，光明教會的大主教算是公眾人物，如果有人有心要查，不可能查不出來的。

「我叫米那，是光明教會的九名大主教之一。」

褐髮的大主教——米那，重新對格里亞說道：「我今日前來，是希望你們可以將修恩·斯狄亞交給我們，而贖人的條件，不過火的話，我們都願意支付給楓林學院以做為損失賠償。」

龍夜聞言，差點又要不用大腦的下意識發問，好在別在衣袖上的臂章十分顯眼，提醒他現在的情況，連忙用力閉起嘴，繼續站在龍緋煉和格里亞身後，不敢說話。

「不過火的話？這麼大方？」龍緋煉輕輕吐出問句。

米那鄭重的點頭回應，「是。」

龍緋煉像聽到玩笑話似的笑出聲，「光明教會什麼時候可以讓人漫天喊價？」

「我說過不過火的話，就可以成為條件，是的，只要是我能力範圍內可以做到、不算違背光明教會教義的，我都可以答應你們。」米那詳細的補充著。

「嗯。」龍緋煉看向格里亞，對他問道：「你呢？」

「我？隨便你們，我沒意見。」

格里亞相信龍緋煉不會做不划算的生意，就把發言權交給了他。

龍緋練點頭，思索該怎麼做，他們這筆生意才划得來。

早知道就把交易時間改到晚上，有暮朔這個奸商在，這場交易只會賺，不會虧。只可惜暮朔睡了，不然他可以讓暮朔提出意見，以供選擇。

「說出條件前，閒雜人等都先出去吧？」

格里亞在龍緋煉思考條件時，搖著摺扇，淡淡地說：「紫髮的，你跟我的隊員去找修恩．斯狄亞，我想，你們會需要先確認一下修恩是否平安？」

格里亞說完，龍夜先是一愣，接著向後退了一步，準備離開。

「欸，小助手，我說的是光明教會的人，不是你，給我站回來。」

格里亞這一席話讓龍夜縮回腳步，忍住退到房子外面的衝動。

反觀光明教會那方，紫髮祭司聽到格里亞的話，正想抱怨，米那抬手阻止了他。

「我知道了，他就跟你的人過去。」

祭司瞠大著眼，萬萬沒想到，他們的大主教大人居然會聽從對方的話？

「呵，那我就派人帶你的人過去。」格里亞輕笑，左手揚起，一道風捲到屋外，一名護衛隊成員立刻走到門口，像在等待。

紫髮祭司看著門口的護衛隊成員，眉頭揪緊，望向米那。

米那對祭司揮了揮手，像是在告訴他，他可以過去了。

祭司見狀，只能照著米那的意思，跟著護衛隊隊員離開。

祭司和護衛隊成員離開了這棟平房，裡面就剩下主要的當事者。

格里亞對上孤身一人的光明教會大主教，「我先說明，你的人過去那裡只能看，不能把人帶走，等到我們的條件談妥，他才可以將人領走。」

米那點頭，這是合理的做法，他可以接受。

「格里亞，你想要開什麼條件？」龍緋煉輕笑反問。

格里亞聞言，同樣笑著說：「我希望你們的通緝可以被解除。」

「哦？」

格里亞的原因龍緋煉心知肚明，他故意問：「為什麼？如果通緝解除，我們就沒有留在學院的必要了。」

「那可不一定。」格里亞笑道：「或許你們還是會留在學院？」

他有意無意的瞥向了龍夜，依照他們目前的狀況判斷，就算他們的通緝被解除，變成了自由之身，他們還是會為了龍夜再多留一陣子。

龍緋煉笑而不語，雖然格里亞像在說笑，他還是望向米那，看他如何接招。

「解除通緝的事不是我能夠決定，麻煩你們換一個我可以處理的條件。」

「大主教不是有將通緝解除的權力？怎麼，你沒有實權？」

龍緋煉一邊讀著米那的內心，一邊質問，突然，他讀著讀著，發現到一件有趣的事情，他唇中的笑意變得更加濃烈——光明教會內部分為溫和派和激進派？

看來，光明教會內部的問題不小呀！

從米那那裡讀出的資訊，讓龍緋煉得知一項重要訊息——負責下指示追殺他們，與指使黑暗獵人襲擊他們的人，全是激進派人士。

龍緋煉考慮要不要拉攏光明教會的溫和派，利用溫和派去牽制激進派，這樣一來，他們可以稍稍鬆口氣，減少每次走出學院就會被攻擊的煩惱。

「不是有沒有實權的問題。主要是因為通緝你們的人，不是我們這邊的，所以幫不上忙。」

米那就著對方的條件想了想，或許他們會願意接受自己的提議？

「如果以後你們遇到麻煩，只要是可以幫忙的，我們願意幫助你們。」

除去身為護衛隊隊長的格里亞，米那對於龍夜他們四個被視為黑暗教會異端的人，可以連番躲過數次獵人的追殺非常有興趣。

「條件暫時保留。」龍緋煉說：「你們想要贖走修恩，是有怎樣的意圖？」

米那聽到後，不自覺地想到他離開教會之前，一樣是大主教的兄長——米隆對他說過的話。

「米那，你把那名院生帶出楓林學院後，就送他回去，他們確認修恩無恙，便會告訴你有關於『那東西』的情報。」

就為了那項物品的情報，他才會讓學院開條件，去救本來就不是光明教會的人。不，要是今日被囚禁在楓林學院內的是光明教會的人，米隆那些朋友就不會告訴他這項情報，讓失蹤的祭司永遠失蹤，而不會有回來教會的一天。

看來，米隆的「朋友」也知道他們在尋找那面鏡子？

——鏡子？

龍緋煉壓低著眉，像是在思考，實際上是在傾聽米那的心聲。是怎樣一面鏡子，可以讓光明教會的人如此掛心？

『我不想開條件了。』

龍緋煉心中有了一些想法，傳給了格里亞這道訊息。

格里亞收到訊息後，黑眸輕轉，朝龍緋煉瞥去。眸中的訊息像是在告訴他，有這麼好的開價機會為什麼不把握？

『他好像有什麼盤算。』龍緋煉又拋出訊息，解釋給格里亞聽，『為了某種原因，他願意贖走告密者，並將他還給對方所屬的組織，好達成目的。』

格里亞把玩著手中摺扇，他大概知道龍緋煉想要做什麼了。

設計他幫忙訓練龍夜就算了，連跟蹤探聽的工作也要交給他？這個人會不會太過分了，打算吃定他嗎？

龍緋煉輕輕一笑，格里亞挺有自知之明的，不過也沒辦法，在其他人的認知裡，他是有能夠利用的人就會利用到底，如果事後調查的工作他不拐騙格里亞去做，縱使龍夜察覺不到異狀，但是龍月和疑雁一定會起懷疑。

「你們決定的如何？」

米那見那紅髮與黑髮兩名青年不時露出思索與詭異微笑的模樣，大概知道他們應該想到交易條件了。

「直接把人帶走。」格里亞和龍緋煉同聲說道，他們有共識了。

米那愣了愣，懷疑自己聽錯。

格里亞抬手打出暗號，他的身旁驀地出現被帶離的紫黑髮色的祭司、一名護衛隊成員，以及米那想要帶走的修恩．斯狄亞。

修恩張大著雙眸到處張望，他的唇緊抿著，似乎沒有張口說話的打算，而他身旁的護衛隊隊員緊緊抓著他的左肩，不讓他逃走。

米那皺著眉看著紫髮祭司和修恩。

他們是真的要讓他把人帶走？

「這是什麼意思？」

米那很清楚天下沒有白吃的午餐，方才這些人認真思考條件的模樣不會有假，現在居然說他可以直接把人帶走？其中必定有詐。

「別懷疑我們，我會受傷的。」

格里亞揮著銀白色的摺扇，口中溢出像是玩笑般的話，他淺笑的指著龍緋煉：「我們學院，還有這些受害者想要賣人情給你，你就好心收下。」

米那看著格里亞的雙眼，確認他所言是真，這才點頭，「我知道了，如果你們需要我們幫忙，可以聯絡我們。」

他抬手，掌中浮出兩道小小光球，朝格里亞和龍緋煉拋了過去。

光球落到格里亞和龍緋煉的掌心，那是米那的通訊魔法聯絡訊號。

「談判結束？」米那問。

格里亞點頭，揮了揮手，他的隊員解除修恩的禁制，修恩感覺到束縛自己的異樣感覺消失了，唇張啟，還沒開口說話，格里亞打斷了他。

「修恩・斯狄亞同學，我現在不想聽你說話，你最好閉上嘴乖乖地跟光明教會的人一起離開。對了，好心提醒你，我們已經把你除名了，如果你敢回到學院，我見一次，抓一次！」

冷冷的話語從格里亞的唇中溢出，其中飽含的殺意，讓修恩感覺背脊發涼。

修恩緩緩走到光明教會祭司所站的地方，格里亞拋出一顆傳送石給米那。

「欸，你們用這個離開。」

米那抬手接住，跟著看著手中透明晶石，笑說：「不用了，我們自己可以使用傳送術離開。」

畢竟傳送術是每位祭司必備技能，他不會用的話，就不用當大主教了。

格里亞聞言，晃了晃手，「不、不，我當然知道你們會傳送術，只是我這顆傳送石會把你送到其他地區，讓你繞路回你的地盤，而不會有人懷疑我們與你接觸。」

不論是使用傳送術或者直接走出這棟平房，格里亞怕這裡會留下祭司的施術痕跡，讓學院因為這件交易而多了一些不知名的麻煩。

米那了解格里亞的考量，讓紫髮祭司和修恩靠近後，將手中的傳送石捏碎。

下一刻，那三個人消失在這棟平房裡。

「好了，麻煩終於離開。」格里亞收起摺扇，一臉的輕鬆。

龍緋煉勾了勾唇，笑而不語。

「我的小助手，你沒問題吧？」格里亞側身，對龍夜問道。

突然被格里亞點名的龍夜，緊張地點頭說：「大概沒有問題。」

進入這棟平房後，格里亞沒有要他做事。說沒問題，當然沒有，如果說有問題，或許有一點點——他該不會只能站在看格里亞做事？

這樣的話，他提出幫忙請求不是提好玩的？

龍夜疑惑的神色格里亞都看在眼裡，他眸光一轉。

「抽考一下，剛才你看到什麼？」

「咦？」龍夜傻眼，看到什麼？

「別咦了。」

格里亞瞇起雙眸，不耐煩的催促，「剛才你看到了一場完整的談判，那麼，對我的工作方式，你有了解到什麼嗎？」

或許是之前並未與格里亞作深入接觸，不了解他是怎樣的一個人，這些時間裡他跟格里亞接觸多了，他發現這個人似乎有點像自家的哥哥大人，害他不自覺有些害怕。

是錯覺嗎？龍夜心想著。

不過他還是先止住這些突然冒出的詭異想法，趕緊回答。

龍夜回想適才的狀況，「身為隊員要時時注意格里亞先生你的動作？」

龍夜想到護衛隊成員出現前，格里亞有做暗號——那是他在小木屋前，對護衛隊所說的，要等他的暗號，才可以行動。

「這是第一點。」

格里亞補充，「第二點，不管我說什麼，就算不合理也要做。我想，你聽到我要紫髮祭司隨著隊員去找修恩．斯狄亞時，你心中正在懷疑祭司會不會強行救走修恩，我的舉動並不合理，對吧？」

他不是瞎子，沒有漏看他下這道指令時，龍夜瞬間露出的錯愕神情。

而紫髮祭司所處的陣營不同，對於他的要求，則是抱持可能會被攻擊的防備心態，不然反應也不會那麼大的就想拒絕。

不過格里亞相信龍夜絕對想不到紫髮祭司不想同意的原因，所以他才會錯愕。

「我都把救人的機會擺出去了，對方為什麼拒絕？你想清楚沒？」

龍夜內心狂滴冷汗，真不愧是護衛隊隊長，他的心思被看透了，而被這麼一追問，他花了不短的時間前前後後、仔仔細細的想了很久，才猜測的開口。

「怕我們挖陷阱給他跳？」龍夜好不容易想出這種可能性。

「好在你沒有真的笨到無可救藥。」格里亞感嘆的點頭。

龍夜後悔的低下頭，他先前連續幾次的無腦發問，是不是傻到過份？否則格里亞為什麼用這種「還好你沒有很笨」的慶幸語氣講話？

「那麼，我的要求不多，大概是這兩點，你沒有問題？」格里亞調笑道：「有問題要趕快說，你還有反悔的機會。」

龍夜嚥了嚥唾沫，嚴肅的回答：「沒問題。」

格里亞滿意的點了點頭後，對著龍緋煉說：「我先帶小助手處理事情，你同伴那邊交給你了。」

他的言外之意，是不想再去找龍月和疑雁多費唇舌解釋相同的事情。因為他越說，那兩人的疑問一定越多，還不如交給龍緋煉處理。

龍緋煉點頭，頭也不回的直接離開平房，最後，這裡只剩下格里亞與龍夜。

格里亞將摺扇收回袖中，對龍夜輕鬆地說：「好了，人都走光了，我們可以忙正事了，龍夜小助手。」

龍夜緊張點頭，他的工作終於要開始了。

米那使用了格里亞所給予的傳送石，他們直接來到首都銀凱的商店區。

傳送陣最後落在商店區內不起眼的巷弄裡，雖說格里亞將傳送地點設置在此地是要遠離學院，但對他來說，這地點恰好減少了他的行動路線。

米那先將身上的白色祭司袍脫下，裡頭是預先穿好的一般服飾，他妥善、仔細地將祭司袍摺好，遞給了紫髮祭司。

「你先回教堂通知哥哥，告知他救援行動結束，已經與學院談好條件。」

紫髮祭司收下白色祭司袍，微微點頭後，離開了巷弄。

「你們為什麼要救我？」

紫髮祭司離開後，修恩拋出了問題。

光明教會會因為他給予的情報而派人救他？這不可能。

米那暫時拋開他的大主教身分，迅速揪起修恩的衣領，拉近過來，「救你當然有原因，我更想要知道，你為什麼被楓林學院給抓起來？」

修恩愣了愣，對他這席話感到不解，這光明教會的人是怎樣，跟他裝傻嗎？他會被抓，是因為賣了學院院生的情報給教會，才會引來學院護衛隊。

「還不是你們害的！」修恩微怒地說：「你們想要那四名院生的情報，結果行動失敗害我遭殃。我想，這件事過了之後，主人不會再與你們合作。想要繼續買院生情報，就加價吧！」

此話一出，米那鬆開了手，想著修恩說的話。

那名失憶的祭司果然和這個人有關，負責與修恩的組織接觸與買情報的人應該是激進派人，而目標聽起來，是為了攻擊四位院生？

「我跟買你情報的人是不同派系。」米那直言地說：「是你的主人要我救你出來，你可以帶我去找你的主人了嗎？」

修恩抬眉，對米那這番話有些許的保留，光明教會的派系之爭他有聽說過，但他沒有聽說這兩個派系都要付錢找他們組織「幫忙」。

修恩的懷疑，米那並不意外，他拿出預備好，也就是米隆事先交給他的物品，遞給了修恩——那是一個黑褐色的小石頭。

修恩一看，就知道是組織的「護身符」，而且還是因為使用時間過長，護身效果消失變成了偏黑色的褐石。

見到這個東西，修恩相信了他的話，「我知道了，你跟我來。」

修恩說完，也不管米那有沒有確實跟上，就快步走出了巷弄，前往位在商店區邊緣，屬於他們交易場所的那個看似破舊，長年大門深鎖的旅店。

修恩看著破舊的大門，在門上敲出他們特有的暗號，當最後一聲敲下，他將手放下，等候旅店內的人前來開門。

過了許久，修恩聽到有人走到門口。

接著是一陣開鎖的聲音，當門緩緩打開時，一名老人的手支在旅店大門上，一見站在門口的修恩和米那，發出一陣悶咳，等到他止住咳嗽聲，才發問：「咦？這不是客人嗎？你們把東西忘在店內了？」

修恩點頭說：「抱歉，前幾天走的太急，我和我朋友忘記檢查行囊，有幾項物品漏了，請問你們檢查房間時，有看到我們遺漏的物品嗎？」

「有，東西放在櫃檯，只怕你不會來拿。」老人呵呵一笑，讓修恩和米那進入。

等他們踏入旅店，老人將門關上，領著修恩和米那到櫃檯後，就去做自己的事。

修恩走到櫃檯前，看到一名睡得眼神迷離，頭上還頂著綠色亂髮的青年抬起一隻手用力壓著桌面，緩緩地爬了起來。

他把亂髮整理一下，發出剛睡醒的哈欠聲，揉了揉眼，對修恩說：「哦？回來了。看來米隆是真的想要和我們交易呀！」

「主人，我失敗了，請您懲罰我。」修恩低著頭，抱歉地說：「我已經被學院除名了，以後學院的工作我沒辦法繼續處理。」

「沒關係。」

被修恩稱為主人的綠髮青年說：「情報有順利交給教會，你的任務算成功，並不算失敗，我們只是沒想到獵人居然會直接在學院外綁人。」

青年冷哼，改天莫里——也就是黑暗獵人之首找他買情報，他一定會狠狠地敲他一筆，將他們的損失索求回來。

「是。」

對於主人的寬恕，修恩的頭又更低了。

綠髮青年見狀，對著修恩笑了笑，道：「修恩，經過這幾天的折騰你也累了，先上去休息。」

順著青年所言，修恩對他的主人鞠了一躬之後，便往樓梯口的方向走去，到二樓的客房去休息。

修恩離開後，櫃檯內外只剩下綠髮青年與米那。

他終於可以與青年、也就是無名情報組織的「主人」談正事了。

「我哥哥，也就是米隆告訴我，人交給你們，你們就會幫我們處理那件事。」

「是的，你們依約將修恩帶回，我看到了你們想要合作的誠意與意願，米隆的委託費用已經付清，委託合約正式生效。」

青年瞇起雙眸，微笑說道：「任務之一，通知黑暗教會，你們『溫和派』想要合作的意願，我們會立刻派人轉達。」

「還有第二個任務。」米那怕綠髮青年假裝遺忘第二個委託，特地提醒。

「至於第二項……」

青年將手探入櫃檯內，從內中拿出一份文件，「的確如你們所猜想，元素神殿的聖物已經出現了。」

「在哪裡？」米那問。

綠髮青年緩緩抬起手，伸出食指，在米那的面前晃了幾下。

「很抱歉，米隆並未向我們購買元素聖物的相關情報，他只想要確認聖物是否出現在銀凱。如果你想要知道聖物的所在地，煩請付費購買相關情報。請你記住，我們的主要工作是要幫你們傳遞消息，並沒有給你們額外的免費服務。」

米那聞言，失望了一下。

「不過我可以送你一個免費消息。」青年緩緩地說：「不只你們溫和派，激進派也知道聖物進入銀凱的消息，也有想要搶奪元素聖物的打算，如果你們不想要讓聖物落入激進派的手上，你們知道要怎麼做了吧？」

這項情報讓米那發出思考的唔唔聲，看來不只他們，就連激進派那方也知道這項情報？他回去後一定要快點通知米隆，決定應對方案。

「等到你們完成第一項委託之後，你們會怎麼通知我們？還需要約時間到這裡找你嗎？」

米那突然想到，雖然他們靠著無名的情報組織傳遞訊息，但傳達完之後，他們又要如何知道黑暗教會的答案？

要是黑暗教會也想要與他們合作，又要去哪裡商談合作事宜？

「這點請你放心。」

綠髮青年微微鞠躬說：「關於此項任務，我們會完成全部的交涉作業，另外我們也會派人與你們通知任務進度。」

派人報告？

雖然米那不清楚青年會用什麼方式告知他們，既然青年都這麼說了，他擱下自己的擔憂，對他說道：「這件事就拜託你了。」

已經沒有什麼好交代了，米那心急的告辭，離開破舊旅店。

青年玩味地看著離去的米那，笑著說道：「哎呀，溫和派的人態度真好，跟三句不離威脅的激進派不一樣，跟他們合作才真的有『合作愉快』的感覺。」

「主人，您打算轉向與溫和派合作？」老人從暗處走出，詢問著。

「不。」

青年笑著揮手，「看在錢的份上，激進派尚未支付尾款和獵人情報，還不能與他們撕破臉呢！」

「既然如此，主人還與溫和派合作？」老人有些詫異，「您不怕那些人變卦？」

「不會的。」

青年笑道：「他們沒有那種閒暇工夫理會我們，那四名院生一直逃過他們的追殺，教會恐怕不得不改換方法，接下來會很忙的。」

「主人，說到這裡，『影會』行動了。」

老人的話語一出，讓綠髮青年有了興致。

「激進派還真有錢，居然捨得花錢買暗殺組織出手。」

「捨棄獵人，改用暗殺者？」

對此猜想，老人疑惑了一下，這不合光明教會的做法。

「應該還有其他理由。」

青年思考道：「只可惜學院內少了修恩這個棋子可以用，現在只能請其他在學院內的成員去調查了。」

老人愣了一下，「主人，這一次沒有目標，您要怎麼查？」

其實老人更想說，人力一投入下去，也不確定查出來後，會有人跟他們買這項不知有用還是沒用的情報，這太浪費資源了。

「別擔心。」青年淺笑道：「查完之後，可以賣給溫和派或黑暗教會。」

即使不賣，他也可以多掌握一份光明教會的情報，更何況情報這種東西沒有所謂的過期不過期，永遠會有人想要買相關資料，大不了到時賣價提高點，總不會賠。

青年想到這裡，突然有了一個不需要耗費人力就能將情報入手的方法。

「主人您想到什麼？」看主人笑得古怪，老人低聲問道。

「想要出去走走透空氣。」青年伸個懶腰，打了一個大呵欠道：「我想要去影會的地盤走走，你要跟著來？」

老人唇角勾起一抹笑，用力點頭。

不論主人要去的地方有多麼的危險，只要主人願意讓他跟隨，就算粉身碎骨，他必定會與他前行。

chapter 03 菲斯特商會

「現在，是怎麼一回事？」

龍緋煉回到宿舍，一打開房門，就見到房間內，有著黑白混雜髮色的青年。

青年一看到龍緋煉，便對他點頭示意。

龍緋煉沒進入「３０７」號房前就感覺到他的氣息，在外頭想了一會，也沒想到有什麼緊急事件需要通知，不得不乾脆的開口詢問：「秘書，你來這裡有什麼事？你不是有我的通訊魔法的訊號？有必要特地過來？」

「這麼說也沒錯。」校長秘書闇夜苦笑道。

如果可以用通訊魔法聯繫，早就做了，偏偏那位偉大的校長要他「當面」通知。

闇夜掙扎了許久，做好心理建設才來到這間「307」號房，誰知道這裡只有剛回房的龍月和疑雁，最讓他害怕的那個人並不在房間內。原本他想把他來到這裡的目的與原因告訴龍月和疑雁，但這兩人一聽到他要告知的是新的任務，立刻有默契的放棄聽他說明，表示要他等龍緋煉回來。

龍緋煉聽到他這一段夾著哀嚎的心聲，故意說道：「有新任務了？如果我沒有失憶，上次的任務物品並沒有交出，所以，第一件任務不算完成，不是嗎？」

闇夜緊張了一下，真的什麼事都瞞不過眼前的紅髮青年，既然對方把話題挑明，他也直接點，「是格里亞先生通知茲克校長，說你們完成第一項任務了。」

「嗯，是完成了，可是沒有回報與交出任務物品，任務依然不算完成不是嗎？那你們還要給我們第二項任務？就不怕完成後，又扣留任務物品？」

龍緋煉是故意想延後任務，對他來說，任務就是用來鍛鍊龍夜的。

格里亞先前說過，他會把事情經過通報給校長，秘書這番話也只是讓他確定茲克校長已經知道他們完成任務，而任務物品被他們暫時扣押。

龍緋煉就不相信校長在知道任務物品被扣下的情況下，還願意給他們任務，沒有要他的祕書闇夜過來跟他們討取任務物品已經很不錯。

「放心，校長這次給你們的任務不會讓你們拿取物品。」闇夜微笑說道：「因為這次的任務是要你們協助學院新接手的任務。」

「嗯？怎麼說？」龍緋淡淡地說。

「這一次的任務分成兩種，一個與學院護衛隊有關，另外一個是要請你們調查一件事。」

一聽到與護衛隊有關，龍月想到格里亞在與他們談論告密者的事時，一名護衛隊隊員所報告有關於「商會」的事，該不會校長秘書要與他們談的是這件事？

「學院接了一個任務，是菲斯特商會的指定任務，有關於這任務的狀況，可能要請你們去找護衛隊了解進度，護衛隊目前能夠完善處理這項任務的人大概只有格里亞先生，校長希望你們可以支援他。至於第二件……」

闇夜拿出一份牛皮紙袋裝的文件，遞給龍緋煉後道，「這是第二個任務的情報，護衛隊的任務比較緊急，這件任務算次等，你們可以先處理完護衛隊的事，再執行第二件任務。」

龍緋煉收下文件，轉手交給龍月，「護衛隊的任務要怎麼回報？」

雖然是協助格里亞處理商會任務，只是這類任務比較麻煩的地方在於事件結束後，學院會怎麼判定任務完成與否。

「這也是校長會把第二項任務拆成兩個任務去做的原因。」闇夜解釋道：「協助護衛隊工作的回報問題，校長會交給格里亞先生決定。如果格里亞先生判定你們這項任務沒有完成，最少還有那份任務可以處理。」

「哦？校長什麼時候這麼好心？就算前半項任務沒有完成，還有後面備用的任務。那如果我們的護衛隊任務順利完成，第二件任務也可以不用做？」

龍緋煉從闇夜方才的話推斷出，兩件任務應該可以擇一選擇，不然祕書不會強調第二件任務可以較晚處理。

不過，他也可以理解校長為何會這麼做，他應該是擔心如果格里亞不讓他們通過任務，他們發現自己做了白工，可能會找校長的麻煩。

茲克校長為了自己的心臟好，不想再發生上次暮朔暴力衝到校長室，逼問他的狀況，才會故意把任務模式稍做改變。

「呃，你這麼說也沒錯，如果第一件任務完成了的話，那麼第二件任務你們可以不用做。」

聽完這一席話，龍緋煉更加確認自己所想，第二個任務並不重要，是可有可無的。

「好，你可以離開了，這些任務我會處理。」

「嗯。」

闇夜見龍緋煉下了逐客令，便和房內的其他人道聲再見，迅速離開。和說「再見」時的溫聲婉語不同，闇夜離開的速度幾乎能用奔跑形容。

龍月望著闇夜「逃離」了這間「307」號房，替他暗暗感嘆後，黑色眸子從門口抽離，轉移到龍緋煉身上，似乎是在等他開口說話。

「第二項任務的前半項任務交給龍夜。」龍緋煉說完後，又朝龍月手中的文件點了一下，「你跟疑雁小鬼一起處理這個後半項的任務。」

龍月愣了一下，「緋煉大人不認為夜會完成任務？」

「你覺得呢？」龍緋煉哼聲輕笑，似乎認為龍月說了一個很蠢的問題，「任務不做白不做，你們與龍夜小鬼一起完成任務，我們也不需要把在後半項任務得到的物品交給校長。」

龍月聽到這個解釋，默默拆開牛皮紙袋，他放棄詢問，決定直接看。

他相信龍緋煉得知了後半的任務是什麼，才有任務是否可以只做一半的問題。

這位大人是故意問的。龍月看著攤在手上的文件，更是確定他所猜想的。

「別把我想的很有心機。」

龍緋煉笑著說道，「剛好你們沒什麼事，就做這項任務打發時間，以免你們無聊到不知道要做什麼。」

「那你呢？」龍月問。

說他們無聊，龍緋煉應該也一樣。雖說他們目前可以做這任務打發時間，那龍緋煉呢？

龍月還蠻好奇他要做什麼事排遣無聊。

「當然是通知格里亞和龍夜，告訴他們第二項任務的事情。」

龍緋煉理所當然地說：「雖然校長不會忘記，但是如果我們不主動『提醒』格里亞，他百分之百會假裝忘記這是我們任務的事，最後吃虧的一定是我們，而不是學院。」

龍月聽完後，內心下了一個註解，其實龍緋煉想要把後半任務的物品私吞，不然也不會放棄使用通訊魔法，他會故意去找他們當面告知，是為了以後有人證。

「對了。」龍緋煉緩緩走到房門口，回頭提醒龍月和疑雁，「雖然目前不需要擔心光明教會的動態，但保險起見，你們如果要離開學院，就用這個東西遮掩一下。」

龍緋煉從衣袖中拿出兩顆白色石頭，扔給龍月和疑雁。

他們伸手接住石頭，納悶地看著龍緋煉。

「那是『偽裝符石』。使用方法是把這符石吞下，就會自動啟動偽裝法術，可以讓你做出易容偽裝的效果。」

「有時間限制嗎？」龍月看著手中石頭問。

「沒有。」龍緋煉說：「想要解除時，就來找我。」

說完，龍緋煉扔下龍月和疑雁，前去找格里亞和龍夜。

東區的商店區中，在行人步道上。

龍夜跟隨著前方的黑髮青年，邊走邊拉著自己的頭髮，內心是滿滿的敬佩。

現在的他綁著一個黑色的長馬尾，雖然還是穿著楓林學院的制服，但是跟之前在執行學院的分班測驗時，路人的回頭率要少太多了，不，應該說，是路人幾乎不看他。

看來他之前不該頂著顯眼的銀色頭髮到處跑來跑去，讓路人忍不住想看他。

變成黑髮的他，是多麼不起眼啊！

這讓他在心中默默反省，先前一走出學院就被祭司襲擊，是標準的活該倒楣。

那麼以後要離開學院時，是否要偽裝一下？

此時他會頂著一頭不起眼的黑髮，是格里亞幫他用的。

太厲害了，好像什麼都會的格里亞先生，態度惡意了點、嘴巴壞了點，事實上，真的是個好人啊，還會關心他的外表醒不醒目、危不危險——龍夜再度美好的誤會了。

其實，格里亞單純是不想替龍夜擋麻煩。

雖然他們已經和光明教會的溫和派接觸過，雙方關係不錯，加上那位光明祭司失憶的事，激進派的人暫時不會派人來找麻煩，似乎情勢大好？但也只是「可能不會」。

相信就算上頭的人沒空，底下的人依然會慣性的因為通緝令而出手。

所以，格里亞為了不當保姆，乾脆動了動手，幫龍夜換個嶄新的外型。

INN

這一次龍夜沒有詢問染髮的原因，似乎他終於克制住無腦發問的衝動，更是很快就想明白了為什麼要這麼做和非這麼做不可的理由。

可能是暮朔受傷的事情刺激到他，他漸漸地想起了很多暮朔以前灌輸給他的「生存法則」。當然，那四個字是暮朔取的，認為依他有點小白的個性，遇到那些狀況時不是送命，就是傷殘，才取了這個有些不倫不類的名字。

暮朔以前常跟他說「小心駛得萬年船」，通常別人說「絕對」、「應該」時，自己仍舊要小心，不然真的遇到狀況時，也不能怪對方說錯，畢竟選擇相信的人是自己。要是能多注意一分、多小心一點，生存的機率就會提高。

也因為如此，礙於之前的事件，要他放寬心不用疑神疑鬼，似乎挺難。

所以談判結束後，越是在外頭走動，他的表情與動作越來越詭異和僵硬。

格里亞在發現他越走越慢而回頭時，突兀的停下了腳步。

更在龍夜來不及反應之下，一把抓住他的頭髮，快速唸出一串他聽不懂的細語聲，下一刻龍夜就親眼看到他那頭銀色長髮變成了黑色。

當格里亞鬆開手，龍夜更愣愣的看著他拿出白色的髮帶，擺到自己眼前。

「把頭髮綁起來。」

一聽完話，龍夜拿起格里亞手中的髮帶，將頭髮綁成了馬尾。

而格里亞確定龍夜把頭髮綁妥後，就逕自往前走，什麼話也沒說。

龍夜倒是凝視著格里亞的背影，發了一會呆，才快步跟上。

格里亞先生真的是好人啊，沒有詢問就發現自己害怕的原因，更沒有索要好處或是放任他不管，居然幫他染髮還提供他髮帶！

「等、等等。」龍夜慌張地跟了過去，「那個我、我想跟你說……」

話未說完，格里亞拿出摺扇，毫不考慮，轉過身用力朝身後的龍夜敲下。

「稱呼我時，該說什麼？」

龍夜反射性的一躲，然後想了想，「格里亞……先生？」

「嗯，喊我做什麼？」格里亞收回手，繼續朝目的地走。

「謝謝。」龍夜一邊追上前，一邊致謝。

「不用謝，為了減低存在感，好進行各種任務，護衛隊員都會學的，記住，要很快的記住一個人，最簡單的方式就是記髮色和瞳色，而把這兩項消除掉之後，要認出你，很難。」

把話說的像是事前培訓，格里亞頭也不回的說著。

「那麼，我除了頭髮？」

龍夜摸了摸眼睛，難不成連瞳色？

「嗯，我不只把你的銀髮變成了黑髮，為了以防萬一，也把眼睛顏色改成黑的，更讓你把頭髮綁了，我相信，就算是你朋友，一時之間也難以認出來。」

說到這裡，格里亞突然回頭用扇子敲龍夜，「小助手別給我一直摸頭髮跟眼睛，你是要告訴別人你心裡有鬼，很心虛嗎？你再摸，我就跟你索取變色的費用。」

他話說完的瞬間，龍夜趕緊鬆開手，不再摸自己的頭髮和眼睛，更為了掩飾自己的尷尬，傻呼呼的嘿嘿笑著，小跑步的跟上格里亞。

在他變更了髮色跟瞳色之後，果然回頭率變為零。

發現沒人盯著他之後，龍夜的動作變得自然許多，走在路上再不用擔心會有人對他下手。

「對了。」前方的格里亞緩下腳步，提醒一句：「你到商會的時候，別人問你什麼，你都要回『不知道』。」

「咦?格里亞先生，那有人問我是誰呢?我也要說不知道?」龍夜愣了愣。

「你是沒腦子不會自己思考嗎?小助手，你只是來幫忙的，不是護衛隊的隊員!不是你能處理或能說的事情，你就給我裝傻到底。」

「喔。」龍夜又為了他的無腦發問感到丟臉的低頭。

「多看多想、少問少說，記住了嗎?」格里亞認真的要求。

「記住了，不、不過我原本還想問您商會的任務是什麼……既然這麼說，我就不問了。」龍夜搔搔臉頰，格里亞說的沒錯，他就照著做好了。

「嗯?有問題可以問，只是你就算知道了，也不能說。」格里亞晃晃扇子，唇抿緊，直接對龍夜使用傳訊魔法。

龍夜聞言，正準備學格里亞用傳訊魔法對話，格里亞卻搖了搖頭。

「你聽我說就好，不需要回話。」

龍夜閉緊著唇，點頭表示。

格里亞繼續往前走，對龍夜說明，「學院收到商會的委託，說商會想要暫時將一個物品送至學院保存，等到約定的保存時間一到，再派人將物品送回商會。嘛，那東西告訴你也無妨，你聽過亞爾斯諾跟你們說的『聖物』吧？」

聖物！

龍夜感覺自己的心臟漏跳了半拍，格里亞怎麼知道亞爾斯諾與他們說過的事情？他暗自向後退了一步，考慮要不要不管自己想要偷學格里亞的修復靈魂的技術，直接回到學院，告訴龍緋煉這件事，問他們該不該小心風．格里亞這個人。

縱使一路上相處下來，感覺格里亞是個態度惡劣、嘴巴兇狠卻十分溫柔好心的人，但是自從哥哥大人受傷的事情後，龍夜不論對誰都有些不信任。

「好了、好了，反應不用這麼大，我可以解釋的。」

「……」龍夜沒有回答，只是用力點點頭。

「嘛，身為護衛隊隊長，你們是因為亞爾斯諾而被光明教會追殺的避難者的事，我當然知道，加上你們那名紅頭髮同伴是個狠角色，他絕對會從亞爾斯諾的口中挖出有用的情報。所以我才做出那樣的推論，還是他沒有跟你說『聖物』的事？如果沒有，那我就不再往下解釋，你只要知道商會請學院保管一項物品就夠了。」

龍夜聽到這番話，先是贊同的猛點頭，聽到後面，他馬上搖頭。

他知道聖物呀！一定要告訴他委託物品是什麼，不然他說不定會控制不了好奇心的去追問菲斯特商會的相關人士，把問題問個明白。

格里亞瞪了激動的龍夜一眼，「那是一面鏡子，只是一個鏡子而已。不過，商會的人沒說清楚，我倒是懷疑，那是元素的聖物。當然，這是我自己查出來的，商會還不知道我私下調查過他們想要寄放的物品。」

元素？糟糕了！龍夜內心驚喊，他感覺自己的腦袋開始冒煙。

元素、元素，格里亞說的該不會是第三信仰的元素之神？可是他沒記錯的話，元素信仰不是不見了？

『雖然「消失」但卻依然被廣泛使用，那個元素聖物……有調查的必要。』冷不防，暮朔的嗓音傳入龍夜的腦海裡，害他嚇到差點喊出聲。

『噓，死小鬼，給我閉嘴，連心聲都不准說。』

龍夜聞言，突然想要找個地方哭一下，格里亞就算了，連暮朔也要他別說話？雖然現在有「外人」在，他不能張嘴說話，但暮朔可以聽他的心聲，為什麼也不許說！

太過分了。龍夜偷偷為自己抹一把辛酸淚。

『嘖，因為你哥我是爬起來聽到你們的重要討論，我還要去睡覺！讓我說完就直接睡了，不行嗎？』

暮朔打了個呵欠，對龍夜解釋：『小鬼，既然與元素聖物有關，你這份「工作」要給我好好的做，我想要知道最終結果。』

說完，像是如同一開始所言，暮朔切斷連繫，跑去睡他的覺。

龍夜受到打擊了，最近暮朔「單方面」切斷連繫的次數似乎有點多？每次都是突然出現，說不了幾句話，又說要睡覺的扔下被話轟炸後的自己。

害他老是會胡思亂想，暮朔是不是因為上次受傷的關係，在跟他鬧脾氣？

『死小鬼，我都說不要胡思亂想，我只是要睡覺，不行嗎？』

龍夜不滿的嘟嘴，看，暮朔又來了，又喊完自己就跑掉。

算了，他說不要胡思亂想，就不胡思亂想了，不然他會越想越不平衡。

「你有在聽嗎？」發現某人恍神的格里亞。

「嗯，對不起。」龍夜拍了拍臉頰，努力的集中精神。

「不過，因為學院還沒有收到那面鏡子，它到底是不是元素聖物，目前無法肯定，原本今天晚上要過去驗證的，誰知道昨天鏡子就出事了。」

格里亞暗自勾起了一抹詭譎的笑，他用扇子遮掩著，不只是路人、連在他身後的龍夜也看不到。

如果鏡子的價值是真的，不難理解盜竊事件的時間點會這麼巧妙，估計是覬覦著元素聖物的人不想要讓聖物落入學院，才會趁早下手！

真是這樣，那他就要把元素聖物拿回來了。

格里亞中斷了與龍夜的交談，決定先去菲斯特商會了解狀況。

龍夜發現格里亞的腳步突然加快，忍不住搔搔臉頰，深深懷疑他們是否有可能快點到菲斯特商會。

雖然他一直沒有說，難道格里亞沒有感覺？

「那個，格里亞先生……」龍夜嚥下口水，偷偷比了比附近，決定提醒他，「您確定這樣去商會沒問題？」

格里亞暗自朝附近瞥了一眼，冷冷一哼。

「只不過是隻老鼠。」他喃喃著，話語清晰傳入龍夜的耳中。

龍夜壓了壓耳朵，只希望他的耳朵出了問題，聽不清楚。

格里亞回過頭，對龍夜微微一笑道：「不錯，至少可以發現。」

龍夜又愣住了，這意思是在誇獎，還是在損他呢？

格里亞手中的摺扇打開，他身影微動，在龍夜的身前消失。

龍夜詫異地瞪著前方空地，在他眨眼的一瞬間，格里亞就跑的不見人影。

怎麼辦？龍夜黑眸瞠大，格里亞不見了，自己還傻站在原地啊！

他心急的探測著屬於格里亞的氣息，他半閉著眼，不斷在人群中搜索。很快的，在前方轉角的小巷弄內感覺到格里亞的氣息，他趕緊跑了過去。

甫一進入巷弄，只有兩人肩膀同寬寬度的小巷牆壁上出現許多像是被刀子砍過的切痕，那應該是格里亞使用風系魔法所形成的。

他可以感覺到附近的風元素在騷動、凝聚在這巷弄之中。

龍夜小心翼翼地抬起腳步，只是他一往前，就撞到一個透明的牆壁。

「格里亞先生……」龍夜哭喪著臉，喚著格里亞。

格里亞既然用結界封住小巷子，為什麼不先跟他說呢？

還好，格里亞的結界並沒有隔音效果，他聽到龍夜的聲音後，轉過頭，雙眉皺緊，扇子一揮，沒有把結界打開，反而阻絕了聲音出去與進入。

龍夜傻眼的看著，不知道該怎麼辦才好。

難不成格里亞是想要自己對付眼前的……光明神殿的祭司？

嗯，沒有眼花，對方穿著白到疑似快要發光的袍子，加上他之前被祭司襲擊過，沒有健忘到看不出光明神殿的祭司是怎樣的裝扮。

既然格里亞不想要他進入，他僅能站在結界外圍看著。

由於結界內是隔音狀態，他只能看到格里亞和祭司說了一些話。

遇到這種狀況，龍夜後悔著以前為什麼要拒絕暮朔的唇語教學？

當他處於能「看」不能「聽」的狀況，暮朔的各項「生存法則」狠狠的、猖狂的在他腦袋裡不斷飛舞，像是在諷刺他，以前不學好，現在想學，晚了！

就在龍夜正抱著必死的決心，想把起床氣很重的暮朔叫起來的時候，也不知道是老天爺可憐他、還是故意欺負他，原本正在對話的格里亞和祭司停止了談話。

悠閒揮著摺扇搧風的格里亞停下所有動作，展開的扇面蓋住他下半部的臉，黑色的雙眸半瞇著，似乎在思考著什麼。

下一秒，他看到祭司拿出一本白色的書，口中唸頌著應該是施展光明神術的咒語，雖然結界隔了音，但他可以感覺結界內的元素在呼應。

原本充斥在裡面的無數紊亂的風元素氣息，在祭司拿出一本白色封皮書、唸頌咒文的瞬間，書本內出現了無數且柔和的光元素。

溢出的光元素應該會聚集在祭司周圍，但是從書中溢出的元素卻反常地又流向書本，溢出又返回的光元素並沒有回到書本，反而是在書的外圍不斷壓縮、凝結，讓原本白色的書本越來越白、越來越亮。

祭司的書本就像是一道明顯的光源，一直增強、增強。

格里亞靜靜看著祭司的動作，沒有偷襲或打斷的動作，像是在等一場即將來臨的好戲似的，看著他完成初階段的神術，然後，祭司完成後，拿起泛光的書本，直指著格里亞，封閉的結界內閃出一道白色雷電，狠狠朝格里亞劈了過去。

格里亞輕瞥一眼……龍夜敢發誓，眼神殺人就是這樣的吧？

他的一瞥，白霤瞬間消散，格里亞手中的扇子一揚，風元素凝聚，朝祭司颳了過去。

祭司見狀，手貼在書上，快速唸出一段咒語，他的前方出現一堵略為透明的白牆，阻擋了格里亞的風刃，同時手中的書又一亮，祭司輕盈跳起，腳上像是長了一雙翅膀，越過了他所製造的牆，跳至格里亞的身後。

格里亞還來不及反應，祭司蹲身，手放到腰前，做出攻擊的動作。

在那瞬間，龍夜一股惡寒感襲來，祭司周身的元素氣息變得有些不一樣，那氣息是之前暮朔被攻擊時，所感覺到的詭異壓力。

那是光明教會的祭司所擅長的——靈魂攻擊！

chapter 06 速動魔法

啊啊，事情糟糕了。

龍夜內心驚喊，他的臉色霎時變白，格里亞如果被擊中，鐵定會受重傷的！

他拿出木杖，暗自驅動法術，想要打破格里亞設置的結界，再去攻擊祭司。

只是龍夜行動前，祭司已經搶先攻擊，他的手朝格里亞的後心打去。

格里亞的黑眸瞇起後，龍夜發現四周有一股冰冷的寒意在散發。

此時祭司的手重重拍上格里亞的後心，但是他卻像沒有受到任何損傷，手中的摺扇朝身後一揮，祭司被狂風颳起，被風席捲著，狠狠撞擊到結界上。

無聲的哀鳴裡，祭司被強風壓制在結界上，只能瞪著他的目標不放。

格里亞緩緩轉過身，前額的黑髮遮住了他的眼睛，嘴角在想到什麼後向上勾起，摺扇收起，持扇的手用力朝上一比，結界突兀的消失。

祭司仍舊被強勢壓來的暴風壓制著，沒有結界後，他整個人撞上附近的大樓壁面，一時間動彈不得，雖然不理解格里亞為什麼解開結界，但他唯一知道的，是眼前的敵人不好處理，連靈魂攻擊的神術都沒辦法應付，當下可以做的，只有逃跑。

如果這道強風可以快點消散，他絕對會立刻轉身就走。

「光明教會的祭司？」

格里亞發出低笑聲，他拍了拍衣服，像是把和祭司交手時沾染到的灰塵給拍掉，接著輕輕撥了撥垂至身前的黑色長髮，「你來這裡的目的是什麼？」

祭司沒有理會他的問句，只是專心的注視握在手上泛著白光的書本，努力用光元素消磨壓制在身上肆虐不停的風勢，想要儘快脫身。

格里亞沒有理會祭司的蠢蠢欲動，他走到龍夜的身旁，逕自說著：「小助手他要招供了，你拿紙筆記錄一下，他說完後，記得給他畫押。」

龍夜心中納悶的緊，看那樣子，祭司不是一心想要逃跑嗎？

格里亞的手晃了晃，扇尖指向祭司，忽然壓低聲音道：「你會說的，對吧？」

「……對。」

祭司瞠大雙眸，唇角微顫。

他的身體居然自己動了起來，放棄繼續使用書本上的光元素之外，他的嘴巴也無法控制，更說出格里亞希望聽到的，那些他原本決定死也不說的話。

龍夜眨了眨眼，錯愕的看著溢出違心話語的祭司，他沒想到格里亞居然有讓人「開口」的能力，這是魔法嗎？

他疑惑著，就算是魔法好了，但施法的時間太快了，快到無法察覺何時使用的。

龍夜可是從頭到尾都沒有感覺到這裡的元素有出現什麼詭異的變化，他開始考慮偷學的可能性，這種快速施法的方法似乎太強悍。

「我問，你答。」格里亞過於直接的發問，「是誰派你來的？」

心慌意亂的祭司為此緊緊咬住嘴唇，咬到出血了也不想讓自己「失言」。

格里亞見他掙扎，冷冷一哼。

祭司的身體一僵，眼前視線猛地一暗，完全失去自控能力的他，睜著無神的雙眼，張開了嘴，發出機械般的嗓音。

「沒有人，是我自己來的。」

龍夜又愣住了，他還是沒有抓到格里亞施展魔法的時間點，總不會是剛剛的哼氣聲讓祭司從頭到腳都被控制住的？

他的心中疑惑雖然有增多的傾向，還是乖乖當好稱職的小助手，將格里亞問的、祭司回的全部寫在紙上。

「原因？」

「到學院進行任務後失蹤的祭司，是我的朋友。」

「哈。」

格里亞笑了，原來是朋友？可惜人死不能復生，雖然目前有個假的待在光明教會混淆視聽，只可惜似乎有人還是發現了不對勁。

「你是想替他報仇？」

「雖然不知道他失蹤後發生什麼事，但他離開教會前有提過，他要去學院執行特別任務，而他會回不來，只有學院護衛隊可以做到。」

龍夜寫到一半用力點頭，畢竟校長和院長們都是把工作扔給底下的人，學院內最明顯的攻擊標靶就是學院護衛隊，難怪一確定朋友出事，這人就來堵護衛隊隊長格里亞。

「嘛，你沒猜錯。」格里亞爽朗一笑，對祭司的推論非常滿意，「所以是私人恩怨？嗯，你可以告訴我，你那位朋友臨走之前跟你說了什麼？」

不知道是不是龍夜的錯覺，格里亞好像在嘲諷祭司，更像在坦白對方沒有猜錯，他朋友已經死了，找他報仇是徒勞無功的。

果然，原本機械回答的祭司，在聽到「沒猜錯」三字時，再度出現掙扎。

「說吧，你的朋友臨走之前，說了什麼？」格里亞加重語氣的催促。

好像太殘忍了？龍夜有點可憐來報仇的祭司。

太單純了——格里亞瞪了龍夜一眼，暗自哼了一聲。

龍緋煉把龍夜丟給他處理，是故意找他麻煩嗎？

看龍夜過於豐富的表情，他超想一腳踢過去，要他先練練「面無表情」的技能再過來幫他工作。

可惜時間太趕，他沒有實際看看龍夜的能耐，就把人先帶了出來。

看著龍夜對祭司的同情，格里亞真想提醒他，那個被殺死的祭司差一點就用攻擊靈魂的神術順利送暮朔升天。

比起讓自己人死，不是讓敵人死更好嗎？

發現附近有殺氣，龍夜飛快的回神，悄悄瞥了眼神情不滿的格里亞，他低下頭，不敢再盯著祭司看，也快速的動手把剛剛漏寫的問句補上。

「還不錯。」

格里亞諷刺的說著，龍夜原地顫抖兩下。

確定差點要因為同情心爆發而拖後腿的龍夜恢復正常，格里亞看回被他催促仍不開口祭司，這次細看之下，發現對方像是在思索該如何回答。

也是，臨走前的話，要是遇到一個過於小心的，恐怕說的並不多。

格里亞揮了揮扇子，補充一下他的問題。

「無關緊要的也可以，他除了跟你說要去學院，還有什麼？」

「他說，這次的工作完成了之後，就可以做『特別任務』，那是和獵人一起完成指派任務的人才能取得的。他說，那是他等待已久，終於等到的工作。」

「特別任務？」龍夜和格里亞同聲問道。

這任務是什麼呢？眼前的祭司知道嗎？

「他還有說什麼？」格里亞邊問邊瞪著龍夜。

發現自己不小心開口了，龍夜知錯的一手掩嘴，逃避某人的怒瞪。

「他、他說……」祭司又掙扎起來。

格里亞狠狠的再瞪一眼龍夜，重新問一次，「他說了什麼？」

祭司終於恢復機械音的開口，「他說要去對付四名黑暗信徒，等他和獵人結束工作後，就會回來跟那位大人推薦我，也讓我一起加入他們。」

到底是什麼時候施術的？依然沒有掌握到施術關鍵的龍夜集中精神。

「你說的那位大人是誰？」格里亞抓到最重要的一絲訊息。

「他是……」祭司沉了沉聲，說出了名字，「莫里大主教大人，據說，他是可以差遣黑暗獵人的人。」

「黑暗獵人的首領。」格里亞瞇起眼，喃喃補充。

以前他就知道黑暗獵人首領的身分，只是沒想到，莫里大主教私底下在光明教會裡也這麼招搖，貌似連最低階的祭司都知道他的隱密工作。

格里亞看著祭司空洞的雙眼，想了一會後，手指交疊，打出清脆響指，緊緊壓制在祭司身上的強風瞬間消散，頃刻後，祭司往地上一摔。

從那麼高的地方摔下來，原本要清醒過來的祭司雙眼一黑，腦袋一歪。

龍夜戰戰兢兢的看著摔昏過去的祭司，害怕又擔心的看向格里亞，怎麼辦，自己剛剛不小心插話了，不曉得會不會被教訓？

格里亞聳了聳肩，對龍夜勾了勾手指。

龍夜低頭查看「證詞」，該寫的都寫了，他就將寫到密密麻麻的紙遞給格里亞。

格里亞接過了證詞，隨意拉起昏迷在地的祭司右手，再劃破祭司的手腕，讓血往下流動染滿祭司的手指後，用力將手指壓在紙的下方空白處。

當證詞的下方浮出血指印，格里亞鬆開手，讓祭司重新倒回地上。

龍夜沒有漏看的話，格里亞似乎還踢了祭司一腳，讓他原本正面朝上的身體變成背面朝上的在原地痛得抽搐了幾下。

「把人帶走。」格里亞將手中的證言捲起，唇裡吐出命令的話。

龍夜剛想乖乖的走上前去抬祭司，身邊有兩抹黑影竄了過去的來到格里亞身旁——那是學院護衛隊的隊員，只見祭司宛若物品般被他們不客氣的拎起來。

「隊長。」

其中一個人出了聲，那是聽不出聲音起伏的嗓音。

格里亞像是慣例般的回答，「將他關起來，等我處理，先不要動他。」

兩名護衛隊的隊員對格里亞點點頭後，拿出傳送石，離開了巷子。

「好了，耽擱了一點時間，我們動作快一點。」彷彿先前的襲擊不存在似的，格里亞又揮了揮扇子，輕鬆地說。

「請等一下，格里亞先生。」龍夜趕緊叫住他。

他隱約感覺到，如果不在這時候問，事後格里亞一定會裝傻。

「什麼事？」

格里亞側身，瞥了龍夜一眼。

龍夜被格里亞那雙黑色的雙眸注視時，忽然有種自己的心思被看穿的錯覺。

「那、那個，我只是想問……想問格里亞先生，您是怎麼放倒祭司的？」

「嗄？」格里亞愣住了，他抬起手，做出打響指的動作，「不就是這樣？」

「不是這個！格里亞先生，您誤會我的意思了。」龍夜揮著手，「我是想問，祭司跑到您的背後偷襲時，是怎麼躲過他的攻擊？」

「哦？」格里亞露出一抹意味不明的笑，「你要問這個？」

他右手拿著摺扇，輕敲著左手掌，扇子敲著手，發出「啪啪」的聲音。

看似瀟灑的動作，龍夜卻覺得很有威脅感的做個深呼吸後，用力點頭。

「之前你不是躲開過？」格里亞停下敲打的動作，「那個術法準確度太低。」

怎麼可能？這是騙人的。

龍夜心中狂喊，這個人居然在說一聽就漏洞百出的謊言。

格里亞看著驚愣的臉，唇中的笑意變得更加濃烈。

雖然龍夜的心思毫無隱瞞是個缺點，但在這種時候，卻會給人一種成就感。

明顯的謊言又如何？他又沒有替人解答的義務。

「可、可是他的攻擊很準確。」龍夜不死心地說。

「那又如何，一個很有把握自己攻擊準度的人，還是會有失手的時候，襲擊你的祭司會失誤，那攻擊我的祭司當然也有可能失手。」格里亞突然盯著龍夜：「小助手，就算我真有方法躲過攻擊，又怎麼樣？」

「如果您真的有辦法躲過，我想要知道方法。」龍夜認真地說。

「噗！」格里亞突然發出笑聲，「哈哈，不行啊不行。」

格里亞晃了晃手中摺扇，語氣像是在告訴龍夜，他是一個「不及格」的人。

「格里亞先生，不要取笑我。」

面對格里亞的嗤笑聲，龍夜覺得自己的耳根子在發燙，臉也很熱。

「唉。」格里亞像是笑夠了，微微嘆氣，「小助手，你是不是搞錯了一件事？」

「什麼事？」龍夜問。

「就算我有方法，有告訴你的義務嗎？」

「呃！」

面對突如其來的釘子，龍夜愣住了。

先、先前似乎對他很好，總是會不自覺解釋很多的格里亞這麼一說，他才發現，自己明明反省過的，卻又習慣性的依賴起別人。

「你是我的誰?朋友、夥伴、親人還是什麼?」

格里亞頓了頓，等到龍夜搖頭，又笑著說：「對嘛，你和我毫無關係，什麼都不是，既然如此，我有什麼理由告訴你方法，或者是教導你如何使用?嘛，小助手，你要搞清楚，你如果要學，就要求我，不過，就算求了，我也沒有教你的必要。」

龍夜被拒絕了，而且還是用讓他感到有些難堪的方式拒絕了。

被人看得一無是處，被人徹底的否決，這種情況……好丟臉。

可是為什麼他會被拒絕?

暮朔常跟他說只要有心想學，就一定有人會教他，而暮朔，不論他要不要學，他都認為那是自己要學習的，不可以拒絕。

雖然學習速度像是在印證他不想學習的心態，只會越學越差、而不是越來越好，但只要他露出好奇想學的神情，暮朔都會很開心的教導，更會告訴他最快的學習方法。

但是格里亞不一樣，他認為自己就算是邊境居民，一來到挪亞、來到楓林學院就要自主學習，不明白的事情就要自己弄清楚。

包括這件事，他想要知道格里亞怎麼躲過的，對方的態度擺明不想告訴他，因為對格里亞來說，他沒有這個責任和義務。

責任和義務嗎？啊啊，這就是格里亞不教自己的主因？

哥哥大人是因為他是親人，才會那樣無所不教的對待自己？

所以對於幾乎算陌生人、無關者的格里亞，想從他那裡學東西是不可能的？

龍夜有一剎那想要打退堂鼓，卻又想起了，格里亞在說謊否認之後，突然坦承他有方法可以避開靈魂攻擊的神術。

嗯，格里亞先生是好人，最後還是把真相告訴他——龍夜又一次美好的誤會。

越是這樣，龍夜越是明白之前那種對方該教自己的發言，很蠢、很天真。

難怪格里亞剛剛會突然失控的大笑，因為自己貌似比小孩子還傻？

不過，格里亞會毫不避忌的把事情說開，是不是代表自己還有機會？

不知怎地，龍夜想要被眼前這個人認同，讓他願意教導自己。

既然決定要跟著格里亞當小幫手，並偷學他的技術，就不能因為這點事情而放棄，不然哪一天暮朔真的出事，自己只能跟那時一樣眼睜睜看著他沉睡。

「剛剛失禮了。」龍夜先道個歉，「不過我還是很好奇一件事，可以問嗎？」

反正他是問題兒童，問題多就是他的特點，況且格里亞有說過，有問題他可以問。

格里亞揮了揮摺扇，「你說，我聽。」

瞬間，一股惡寒感襲來，貌似說出這番話的格里亞非常恐怖。

畢竟他已經被格里亞訓了一頓，然後又不知死活的繼續發問。

「是。」龍夜緊張地嚥下唾沫，希望眼前的人不要動手揍他，這問題不蠢，真的。

「我想問，您使用魔法操控祭司，為什麼我感覺不到周圍的元素發生變動？」

龍夜敢發誓，他之所以會這麼問，是因為魔法師有所謂的感知派，那是專門感應元素流向的魔法師，通常這類魔法師不擅長攻擊，算是學術研究類型的人。

「嗯？你是感知派？」格里亞想了想，「嗯？不對，就算不是感知派，魔法師對元素流向還是很靈敏的。不過，沒察覺到是你的問題，做什麼要問我？」

格里亞說到這裡，露出淺淺的微笑。

龍夜驚了一下，差點咬到舌頭，「格里亞先生也是魔法師吧？」

他每次看到格里亞，都是在使用風系魔法攻擊別人。

「嗯。」格里亞點頭。

「我也是魔法師，感知更是我唯一可以自誇的強項，所以您可以回答嗎？」

龍夜抓抓頭髮，有些心虛的說。畢竟他是使用法術的符咒使，基本上，他的魔法——也就是法術還是需要符咒作弊一下，但是強項是感知這點倒是真的。

龍夜希望格里亞可以看在他小小的自信心快要保不住了，好心一點的解答。

「唔，真麻煩。」格里亞嘖了一聲，假裝回答龍夜的問題很麻煩。

雖然他知道龍夜所謂的魔法感知就是法術，可惜不能用法術類的專業術語回答，誰叫目前他的身分是稱職的水世界居民，得用水世界的說法來說明。

「那是『速動魔法』。」格里亞簡略回答，如果龍夜再回不知道，他就不說了。

「哦，了解。」還好，龍夜知道那是什麼意思。

不久前，他跟賽洛斯借過書，剛好是說明一些基本的魔法使用的理論書，書中有提到速動魔法，是指精簡過的速成魔法，也就是基本的低階魔法。

聽說很多人想要快速使用初階魔法，就會用這種方式使其可以瞬間發動，好更快速的攻擊敵人，且不會被人打斷。

但那些基本的初階魔法就算可以快速驅使，可是使用起來毫無殺傷力，所以很少人會認真去練習速動魔法的魔法咒式。

一開始龍夜還以為是格里亞的施術動作太快，導致他感覺不到元素的流動，結果居然是用速動魔法。

雖然格里亞說的很認真，但他心底還是不怎麼相信，操控類型的魔法明明就屬於中高階級的特殊魔法，就算使用速動魔法驅動，也不可能做到無法察覺。

格里亞見龍夜臉上寫著「不相信」，銀白摺扇敲著手心，沉聲道：「不信？」

「沒、沒有。」發現對方似乎生氣了，龍夜趕緊辯解，「因為我看的書上寫著速動魔法只能用在基本的低階魔法，所以……」

越說，龍夜眼神越飄移，他這樣解釋似乎挺蠢的。

根本是變相的直接說明對方在糊弄自己，書上寫的明明不是這樣。

「嘛，速動魔法用在低階魔法上，成功的機率是最高的，但還是有一些無聊分子，會想把拿手絕技處理到能夠快速使用，就算失敗千次也不放棄。例如，我。」

格里亞的意思是，他用的確實是速動魔法，沒有騙人。

「嗯，那您最快可以使用幾個？」

龍夜想到，格里亞使用風系魔法時，幾乎都是信手拈來的瞬發。

基於學習法術頗有成就的小小尊嚴，龍夜還是很介意，保險起見，他問了。

「最少是這樣。」格里亞比出三根手指，又補充道：「這是一秒內，最快我就不能說了，那是商業機密，聽了你就要付費。」

一秒可以使用三種速動魔法？應該全是風系魔法吧？

因為風系魔法本來就是以速度取勝，這點並不意外。

只是龍夜沒有漏掉格里亞說的「最少」兩個字，這個人到底是有多變態？

難怪格里亞會是學院護衛隊的隊長，沒有兩把刷子，真的很難坐穩這位置。

「格里亞先生可以教我速動魔法嗎？」

龍夜下意識的說，完全沒發現自己又犯了先前同樣的錯。

「有書，我可以借你研究。」格里亞輕哼一聲，走到龍夜的身旁，手一伸，抓住龍夜的後領說：「好了，別浪費時間，我們快點過去。」

——才這麼點時間，那兩個人不會找來吧？

格里亞心想著，如果被那兩人知道，自己沒有立即前往菲斯特商會，更是中途趁著打倒來找麻煩的光明祭司時，順便欺負了一下龍夜，他的耳根子一定會無法安寧。

說來說去，他就是不相信龍緋煉所說的，收容龍夜之後，他跟暮朔會當真不理自己如何對待龍夜的這種話，怎麼想，他都覺得龍緋煉會隨時隨地忽然冒出來。

沒錯，在他不小心弄出問題時，龍緋煉肯定會出現！

至於什麼問題會變成引來大魔王龍緋煉的關鍵？這個就……再看看。

希望從頭到尾龍緋煉都不要出現，這個才是他心裡真正的想法。

楓林學院的圖書館，那是一間看起來疑似廢墟的破舊建築。

之所以說它像廢墟的原因，是因為圖書館周圍就是楓樹林，在一片火紅葉子襯托下，褐色的建築是格外不起眼，更在顏色對比下顯得……有些髒亂破舊。

尤其要到圖書館前，得先越過一片楓林樹海，才可以抵達。

所以在審美疲勞之後，圖書館越發使人覺得像被放棄使用的廢墟。

明明學院的宿舍和學院的院館有的是建築漂亮，有的是內部增建許多好用的魔法，方便進入的人使用，偏偏學院的圖書館不是這樣。

外表破舊不說，裡面更沒有什麼實用魔法讓他們方便找書。

龍月和疑雁走入圖書館時，還訝異了一把裡面沒有借書與還書的櫃檯，直接是書籍分類櫃一排又一排。

順著一排排的書櫃，看了最前頭的幾本書後，確定了各排的不同類別。

龍月走了一圈，才指著圖書館最、最裡面的那一排書櫃。

「鍊金術專區。」龍月說。

疑雁拍了拍腳邊的小狼，他們一起走到最後面，將一些看起來與任務相關的書籍先拿出來，堆疊到手上，再往附近的閱書區走去。

他們這次的任務目標，是要查出鍊金術的「萬靈藥製作過程」，並將它做出來。

至於完成後會不會交給茲克校長?就要看龍夜努力不努力做完任務。

嗯，相信有緋煉大人在一旁「虎視眈眈」，龍夜不想認真都不行吧?

會刻意問說兩個任務是不是做完一個就算完成的緋煉大人，絕對是想把萬靈要給「昧」下來，使得他們對鍊金術再不感興趣，依舊得拼死拼活的做出它來!

只是，當他們桌上的書籍越疊越多、資料越看越多，突然想要暴走。

這些鍊金術的相關書籍，除去沒有用的，那些有寫到萬靈藥的書……要不是那些書與他無冤無仇，他們倒是挺想把這些書撕爛，讓這些書不要再誤導別人。

看那些明明就寫著「初階」、「初級」、「入門」等等的書，寫到萬靈藥時，怎麼都像是串通好的，根本沒寫該物品的材料或製作方式！

就算沒有，也要寫上這項鍊金術物品的階級，讓他們方便找書吧？

為什麼其他書皆有標明鍊金物品的材料等級，只有萬靈藥被跳過？

而且十本書裡有九本寫到，萬靈藥是一個沒有被完成過，或者說，那是一個虛構的物品，市面上所留傳的萬靈藥全是殘次品跟假貨。

面對很有可能又是校長在惡整他們，龍月突然想要放棄。

但是一想到是龍緋煉要他們進行的，也只好默默繼續。

如果這是一場騙局，那位大人應該會知道，而不是要他們非要達成不可。

「怎樣，疑雁，你有找到萬靈藥的製作方法了嗎？」

龍月看著堆滿一整個桌面的書籍，隨手將手中翻閱完的書本扔到桌上，高聲詢問坐在

Honesty Faith
CROSS ROAD
HOUSE
LUCKY

對面，身影完全被書堆掩埋的少年。

「還沒。」

疑雁的聲音傳了過來。

接著，龍月看到對面有隻手抬得很高、很高，慢慢將一本書放在書山的最上層，再往旁邊挪移幾寸後，拿走了另外一本書。

從一開始到現在，他們至少翻閱了將近一百本左右的鍊金術書籍。

「疑雁，我突然覺得這個任務很適合夜。」

龍月又抽起一本書，語氣聽不出有任何的情緒起伏。

「同感。」疑雁認同說：「這的確很適合夜師父。」

龍夜愛書，即使大部分讀入腦袋裡的資料，很有可能被他忽略跟遺忘。

但龍月相信，像鍊金術這類的，絕對會被龍夜列入「愛看」的等級。

「而且夜在的話，他可以直接找他那位愛書成癡的朋友。」

「賽洛斯．科塞德？」疑雁放下手上的書，站起來，看向翻書中的龍月。

「嗯。」龍月點點頭，「他愛書成癡的性格，全學院都知道。」

「我看是你跟他打過，就想要調查他是怎樣的人吧？」疑雁將書放回桌上，又說：「只可惜，我們跟宿舍管理員不熟。」

「就算熟，我也不想問他。」

龍月又翻完手上的書，準備去再搬一批回來前，望著已經不可能再往上堆的書山，決定先把它們放回書櫃裡好了。

看著龍月清理桌上的書，疑雁下意識以為他今天看累了，不想再繼續。

「要走了？你要去學院外面查查看嗎？去鍊金術師公會？」

「不用。」龍月一邊收書，一邊指著圖書館角落的不起眼房間，「去那邊看看。」

那是「禁書區」，只提供給特殊班院生和導師階級的人翻閱。

「你覺得那裡有？」疑雁不相信會這麼簡單。

「仔細想想，雖然是備用的任務，不可能簡單到我們翻書就可以找到，卻也不可能半點線索都沒有，再說了這個任務真正麻煩的地方是——」

龍月從懷中拿出裝有文件的牛皮紙袋，扔給疑雁。

疑雁拿出文件看了看，將文件還給龍月，也加入了搬書行列的開口。

「文件裡面沒有寫製作方法和材料，難怪我們要從萬靈藥的資料找起，不過，你說的真正麻煩的地方，不會是後頭收集材料的部分吧？」

「沒錯，依照校長的惡劣個性，絕對不可能有材料讓我們用。」

龍月話一說完，疑雁不得不贊同的默默點頭。

「再說了，我很好奇萬靈藥的功效。」龍月覺得有兩個字很難想像。

「萬靈？」疑雁也對能以這兩個字為名的藥劑充滿猜想。

「想必緋煉大人是真的需要萬靈藥，那麼，拿它來做什麼？」

龍月想了半天，好像什麼可能性皆有，也每一種都太異想天開。

「算了，先找到製作方法再說。」龍月甩甩頭回到重點上。

「好了，完工。」疑雁將桌上的最後一本書放回書架上。

龍月拍拍手上的灰塵，望著他，「那我們過去吧？」

「我要先出去一下。」疑雁看著走到身旁的冰狼，「牠悶了，想要出去晃晃。」

龍月的踏出的腳步一滯，回頭望了望疑雁身旁的雪白色小狼。

「牠想要出去晃，就讓牠自己出去吧？」

「冰狼要我陪。」疑雁認真地說，龍月頓時無言。

這個人真的是從來沒有讓他的狼離開身邊，不論是在宿舍、還是在外面，這隻小狼形影不離，一直跟在疑雁的後頭。

雖說銀狼族人役使狼之外還很愛狼，問題是到疑雁這個程度的太少見。

疑雁一直盯著他，似乎是希望他可以答應。

龍月嘆口氣，認輸了，「你家的狼在外面逛夠了，你就回來幫忙。」

說完，龍月揮了揮手，早疑雁一步走人。

疑雁瞧了瞧他的背影，彎身拍拍冰狼的頭，一起離開。

當他走出圖書館，對腳邊晃著尾巴的小狼說：「人在哪？」

冰狼發出嗚聲，尾巴晃了一下，尖端停頓在某一個角度，那模樣像是在指引方位，告訴疑雁他說的「人」就在那裡。

疑雁對冰狼做出要他移動的動作，冰狼緩緩往前走，他跟著牠來到不遠處的楓樹林區，冰狼嗚了一聲，頭朝樹的方向點了點。

「呼，真不愧是冰狼大人，在這麼遠的地方就感覺到我的氣息。」

樹的後方傳來男子的嗓音，疑雁順著聲音看去，一名有著偏白灰色短髮的男子從楓樹後方走了出來，他眨了眨灰黑色的眸子，抬起手，對疑雁打招呼。

「您好，好久不見了，疑雁大人。」

chapter 02 銀狼族人

嘴角噙著一抹淡笑，身穿學院制服，除了笑意看不出其他情感的男子，恭敬的稱呼疑雁為「大人」，卻態度輕忽的只是抬手示意。

疑雁瞇起眼，冷冷看著男子，好半晌沒有反應。

「呵。」男子笑著指了指圖書館，「真意外你會與龍族的人混在一起。」

「跟他們出來比較方便。」疑雁淡淡地說。

聖域裡，最常外出歷練的是龍族，疑雁所屬的銀狼族和另外的月影族，一樣會離開聖域，去看看外面的世界，卻沒有龍族這麼頻繁。

在今天以前，疑雁還以為這裡只有龍夜這一組龍族人馬在水世界，直到冰狼告訴他這裡有同族的氣息，才終於看到了他的族人。

「比較方便？」

男子瞪大眼睛，看了看疑雁腳邊的冰狼，「你不是和龍族那位傳說中的大人一起過來的？怎麼可能方便？」

疑雁聞言，突然想要嘆氣，那位龍緋煉大人恐怖到連自己的族人也知道了？

「讀心術沒有用。」疑雁說：「我有冰狼，我不怕。」

「的確，有冰狼大人在，你的確不用怕那位恐怖的大人。」男子心有戚戚焉地說：「當我看到你和那位大人在一起時，還在想要怎麼出現在你的面前，畢竟，只要距離太過靠近，那位大人都會察覺。」

要不是因為龍緋煉，早在疑雁進入學院的當天，他就可以去找疑雁了。

「沒關係，目前還算順利。」疑雁半垂著眼簾，摸了摸身旁的小狼。

「所以，那位少年……真的是那個人的弟弟？」

男子懷疑了一下，龍夜也算是「名人」，身為族長之子，又據說是賢者繼承人的雙胞胎弟弟（未經證實），感覺上似乎要很成才？

實際上，男子在學院裡看到龍夜依賴過度，凡事都想麻煩別人幫忙的作風，他一度懷疑是不是自己認錯，聖龍族的人會不會太放縱那個小鬼了？

「不知道。」疑雁不想說，他可不希望回答後，被暮朔定下的契約給弄死。

「喔，好吧！」男子雖然有些懷疑，還是相信他，「那麼，疑雁大人，他們的目的真的是那個？」

疑雁點了點頭。

「嗯，歷練修行是幌子，實際上是要找出賢者。」

端看龍夜的廢柴屬性，如果疑雁對自己的銀狼族同伴說，龍緋煉一方面是動真格的訓練龍夜，另一方面是要找出賢者，估計男子會馬上笑倒在地，所以他話只說一半。

「這樣嗎？」男子手扶著下巴，沉思著，「所以你打算靠他們找人？」

疑雁點頭，同樣是找尋賢者，聖域三族各自用自己的方法在進行。

其中一部分的人是希望自從賢者離開後，聖域倒塌的平衡可以因此恢復；另一部分的人是覬覦賢者的地位，希望找到他後，用賢者怠忽職守、不理聖域居民死活的名義，逼迫他在自己的族人中選擇繼任者且馬上退位。

因為先前所傳言的賢者繼任者不論是否屬實，龍族人都知道，那個人已經死了，也不能從地底挖出來叫他來接任賢者之位。

但疑雁他們這一族和另外兩方人馬不一樣，他們找出賢者的目的不是為了平衡，也不是為了讓族人成為繼任者，而是有另外一個特殊目的。

少部分的聖域居民——剛好銀狼族的族長就是那部分的人，他們知道賢者是龍族出身，而龍緋煉是賢者的友人，龍族既然願意讓身為族長的龍緋煉離開聖域，代表他一定有什麼特殊線索可以找出賢者。

這也是疑雁一看到龍緋煉，當下就決定要找看起來最弱的龍夜動手。

雖然中途計畫出現差錯，被潛藏在龍夜身體內的雙胞胎兄長——暮朔給打敗，但他的主要目的還是達到了。

讓他終於確認傳說中已死的繼任者，是以魂魄的方式與自己的雙胞胎弟弟共存。

——共存？

疑雁思索了一下，偷偷把這兩個字給刪除。

與其說是共存，更像是惡質房客強住善良房東的屋子。

不然即使是共存，那對兄弟也不會把各自出現的時間劃分的如此清楚。

因為有暮朔在，疑雁相信，跟在他身邊，百分之百能見到賢者。

畢竟賢者會忽然離開聖域，似乎是為了拯救暮朔，讓他重新擁有身體。

「放心，我會完成任務的。」疑雁有信心的宣告。

男子看著疑雁，長嘆口氣，「唉，總之疑雁大人你還是小心一點。我真的很擔心在某一天，你心中的計畫被那位大人給看穿了。」

疑雁揚眉看著偎在腳邊的小狼，「冰狼很黏我的。」

「再怎麼黏，也是會有短暫分離的時候。」

男子無語了，在某種程度的意義上，愛「狼」成痴的疑雁大人的腦子裡，似乎沒有裝什麼有用的東西。

「我的『心』在這裡，所以沒問題。」疑雁拍了拍冰狼的頭，給了男子一個答案。

男子聽到的當下，一度懷疑自己的耳朵出了問題，仔細思考疑雁所說的話，這才明白，難怪疑雁從不擔心自己會被讀心，因為他把他的心靈放置在他最愛的小狼身上，如果龍緋煉要讀心，只會感應到那空蕩蕩的內心。

突然，男子有一種疑雁到現在還活著算是個奇蹟了，面對這個看不透心思的外來者，龍緋煉都沒有想過要私底下解決掉嘛？

疑惑，真的很使人疑惑，他完全想不透。

可惜他的疑問，很難得到答案，沒看到兩人短短幾句對話裡，疑雁摸了那頭小狼多少次，又正眼看過他幾次嗎？兩者不能成正比啊！

習慣被忽視的男子，頭疼的放棄了追問的回歸主題。

「現階段是可以利用龍族的人去找賢者，但我還是繼續調查好了。」

「嗯，交給你了。」疑雁不否決這種方法，「對於找尋賢者一事，目前他們並沒有什麼特殊的舉動，我不能保證可以搶在他的前頭找出賢者。」

為了以防萬一，他們銀狼族還是不能把找人的籌碼全壓在龍族上。

「沒問題。」男子笑著表示，「那麼，還請疑雁大人和我保持聯繫，這樣我會比較好定期報告，我們要先約時間地點？」

疑雁聞言，二話不說指著身旁的小狼。

「不用，時間一到，冰狼會帶我去找你。」

「好的，我知道了，那麼，一切交給冰狼大人了。」男子點頭，不認為這麼的重要聯絡工作交給一隻小狼處理是一件可笑的事。

疑雁朝圖書館方向望去，算算時間，他該回去了。

「先走了，下次再聊。」

說完，他和冰狼一起走回圖書館，準備加入龍月的翻書行動。

「太慢了。」

龍月手中捧著一本看似保養頗差，色澤泛黃，有些破舊的厚皮精裝書，朝打開禁書閱覽區的小窄門，帶著寵物走近的疑雁抱怨。

疑雁迴身，先確保冰狼進入後，才將閱覽室的門關好。

「冰狼喜歡吹風。」疑雁一本正經的回答。

龍月聽完疑雁的話，徹底放棄追究的聳聳肩。

「算了，不想跟你計較。」龍月看多了疑雁寵溺他家寵物的事，雖然有時候會看不下去，卻不得不承認，他們一主一寵相處的太和諧、太幸福了。

「找的怎樣？」

疑雁走到附近的書架旁，隨手拿起一本書，可能這書許久無人翻閱，已經變成灰白色，他朝書本吹了口氣，揚起一陣灰塵。

「有線索了。」龍月攤開手上的書，遞到疑雁面前，「我找了很久，才找出它的功效。現在只差材料的線索，資料就算查齊了。」

「挺厲害的，這麼快就查出來。」疑雁好奇的問：「那東西有什麼作用？」

「『萬靈藥』，真的可以按照字面上的意思了解它的功效。」

「救人？」

「不只。」龍月淺淺一笑，吐出萬靈藥的最大功用，「不只可以救治瀕死的人，還具有治療靈魂的奇效。」

疑雁對這個物品有興趣了，「如果真是這樣，那暮朔師父……」

「是呀，以後他出事，這藥就可以救他。」

從龍月和疑雁的對話可以得知，其實他們挺怕暮朔會出現「二度重傷」的狀況。

「嗯，希望夜師父的任務可以順利完成。」疑雁認真地說：「不然我們就要煩惱該怎麼做兩份的萬靈藥。」

是的，要是龍夜的任務沒完成，龍緋煉也不可能把萬靈藥交出去。

那麼想要完成任務，最少萬靈藥也得做出兩份才行！

問題是這種神奇的鍊金藥劑，能弄到一份材料就頂天了，還想弄兩份……

就算真的運氣好能弄到兩份材料，也不見得有鍊金術師可以一次就成功，啊，一想到還有失敗率要注意，忽然覺得前程堪慮。

「夜能做到的。」龍月不是很有信心，卻堅定的強調。

「我也這麼想。」疑雁邊說，邊隨意翻動手中的書，發現這是一本有關鍊金術相關知識的書籍，其中有一段文字非常特別。

瞬間，手一翻，疑雁退後一步，把書闔起後，將目光放在書的封皮上。

「怎麼了？」

龍月收回遞到疑雁眼皮子底下，遮住他大半視線的書本，發現他很認真在看方才他順手拿起的那本書的封面，有什麼不對勁嗎？

「空白，這本厚厚的硬皮書居然沒有書名。」

疑雁疑惑的又看了封面一眼，把書遞向龍月，「你看一下。」

龍月將書接了過來，「是哪裡引起你的注意？」

「這裡。」

疑雁將書翻到特定的一頁後，塞回龍月的懷裡，不等他開口，又轉身去翻找別的書籍，想找出其他相關的線索。

龍月順著疑雁的意思，低頭看向翻開的那一頁，他的目光才放到第一段文字上，黑色雙眸霎時瞠大，「這是……」

「如果沒看錯，這藥是禁藥。」疑雁已經走到裡面，揚聲回答。

「禁藥嗎？」

龍月在弄清楚藥效後的現在，不得不承認分類很合理。

能治百病、又可以修復靈魂的萬靈藥，這麼神奇的藥品要是十分普遍，光明教會就不用混了。

難怪禁書區外的書籍沒有特別說明萬靈藥的功效，只是註明有這個物品，更是把它寫得像從來不曾出現過，僅僅是空有名頭的傳說藥劑。

這麼說來，還有些書上寫外頭流通的萬靈藥全是殘次品跟假貨，應該不是虛言，事實上，不公開說明那些不是真貨，可能隔天光明教會就找上門了。

既然如此，會不會那些據說不是真貨的萬靈藥裡，會有真品存在？

想著這種可能性，龍月飛快的往下看著。

在這本空白的書裡，所紀錄的萬靈藥真的是一種極佳的鍊金術產品，效用也寫的和之前那本差不多，但是有沒有這麼好用，還有待查證。

「不愧是禁書區，又找出一本了，上面寫的是萬靈藥的製作流程，要看嗎？」

疑雁從裡面走出來，將書拿給龍月。

龍月指著禁書區內唯一的書桌，「先放在那裡。」

「你想找齊後，等等全借出去？」疑雁以為就是在這看看。

龍月先點頭又搖了搖頭，「禁書不能借。」

他抬起空著的手，指向禁書閱覽室的大門。

疑雁走到門口，看著掛在門旁的告示牌，正準備一條條地看過去。

「第三點。」龍月的聲音傳入他的耳朵。

目光轉移，疑雁看著所謂的第三點。

「禁書不可外借。」

「你需要紙筆嗎？」疑雁摸摸口袋，嗯，他身上沒有文具用品。

「看第四條『禁止抄寫』，所以抄下來也是不行的。」龍月好心提醒。

「這裡沒人，又不會抓。」疑雁好心建議。

「你可以試看看。」龍月很無奈，「我試過，真的不行。」

疑雁挑眉，好奇起來，他看了看腳邊的小狼，「冰狼。」

冰狼聽到主人的命令，微點著頭，輕咬住一本書，走到門口。

疑雁將門推開，冰狼要走出去時，頭像是撞到透明的牆，無法走出。

「圖書館內情況不太正常。」龍月猜想著，「這裡連通訊魔法都不能用，剛才你帶冰狼去散步時，我還想讓你帶紙筆回來，沒想到訊息無法傳送。」

疑雁半垂著眼，看著桌上的書，「你打算用記的？」

「我的記憶力很好，你呢？」龍月微微一笑。

「還可以。」疑雁淡淡地回答。

他可以將看過的文字先全部存放到冰狼的腦袋裡，等有想要知道的資料時，再從冰狼那裡抓出來，放回自己的腦袋裡，所以不會有忘記的問題。

「還有，那本書。」疑雁指的是他找到的製作書，「上面寫的藥品是比較稀有的鍊金道具，記完材料後，你打算怎麼找？」

「鍊金術的產品，就交給鍊金術師處理。」

龍月晃了晃手指，認真地說：「你剛才不是翻過？那可是連鍊金術師都很難煉製成功的稀有藥品，想要我們自己做，你是想要製作失敗到材料都敗光光嗎？這份藥劑的材料很難找全的吧？」

龍月的意思，是打算用萬靈藥的材料和製作方式，拐騙一位鍊金術師幫他們做。只是，會有這麼順利嗎？疑雁疑惑著。

位在商店區中央的商會，昔時人來人往，如今過於平靜的地方。

遠遠從街道這一頭看過去，會以為今天商會沒有開門，因為太少人在進出。

不知道同伴們為了茲克校長突然的第二項任務奔波的龍夜，終於和格里亞抵達。

只是他們才剛走近，一陣咆哮從商會內傳了出來。

「風．格里亞！」

那是屬於男子的怒吼聲。

「混哪去了？你離開學院多久時間了，現在才過來！」

格里亞嘆口氣，他才慢了一點，那些人就等不住了。

龍夜順著聲音望去，一抹人影憤怒推開菲斯特商會的大門，怒氣沖沖的來到格里亞面前，那是有著黑色短髮、深藍雙眼，長相堪稱出眾，身穿學院護衛隊制服的人。

這個人他有見過，那是第一次遇到格里亞時，在他離開後出現的人。

是那兩位好心的護衛隊隊員的其中一個，當時他們還幫忙處理襲擊他的黑暗獵人，雖然不知道那個獵人的下場如何，但端看格里亞處理祭司的方式，應該凶多吉少。

「路上有狀況，我排除掉障礙才來的。」格里亞拿出摺扇輕輕搧著。

「什麼狀況？又不是有人來尋仇。」黑髮男子認為他說的話全是藉口，根本不信的扭頭指著龍夜，「欸，颪我問你，那小鬼是誰？」

「小助手。」格里亞很挫敗，「你的眼睛沒瞎吧？他左臂上不是繫著見習臂章？」

瞬間，龍夜有種格里亞在努力樹敵的感覺。

對方是他的部下，有必要說出這麼損人的話嗎？沒看清楚就是眼瞎？

沒想到，下一秒被格里亞罵的那個人，會用認真的語氣回答。

「嗯，我有看到，只是覺得很奇怪，你不是不喜歡有人跟著你跑？」男子藍眸一轉，打量著龍夜，「他是你的誰？」

「小助手。」格里亞再度吐出同樣的三個字。

「我問的是，他是你的誰？」男子重新說出問題。

格里亞揮著合起的摺扇，收起微笑，冷冷地說：「席多，小助手與我無關，他是我從校長那邊認識的，正確來說，今天才跟小助手『正式』見面。」

龍夜猛地轉頭，瞠大眼睛注視著格里亞。

他懷疑格里亞吃錯藥了，怎麼從男子出現到現在，格里亞的口氣一直處於「很糟」的狀態，他已經懷疑這位男子與格里亞有仇。

「都忘了要介紹，小助手，眼前這個是護衛隊的兩位副隊長之一，他叫席多．隆，你可以叫他席多，他不喜歡別人喊他的姓，因為身分的關係，你要加上『先生』二個字。另外，以後對護衛隊有不了解的地方，歡迎去問他。」

格里亞笑笑地對龍夜解釋，同時，手腕一轉，扇尖指向席多。

席多？該不會是那名跑來研究室通知格里亞，商會出現問題的護衛隊隊員口中的席多先生？難怪席多可以直呼格里亞的名諱。

「席多先生你好，我是龍夜。」他很有禮貌的打著招呼。

「這小鬼好像在哪看過？有點眼熟。」席多眯起眼，手托著下巴，歪頭思考。

龍夜聽到這番話，險險嚇死。他都偽裝成黑髮黑眼了，怎麼還會被認出？

「小助手你不需要介意，這是野性的直覺。」格里亞語帶諷刺地說。

因為格里亞的話，龍夜依然處於「震驚」狀態，他吶吶的對席多解釋：「我們見過，是在校門口。我那時候的頭髮和眼睛顏色是銀色的。」

「喔、喔！」席多雙手一個用力拍擊，「對，你就是被黑暗獵人襲擊，被風救了以後，又被他扔在路邊不管的那個小鬼？」一經龍夜提醒，他就想起來了。

「呃，不是扔在路邊。」龍夜記得後續發展不是這樣的。

「風，這小鬼果然和你有關。」席多壓根沒理會龍夜的抱怨，皮笑肉不笑的對某人吐槽，「風，你是不是忘了，護衛隊禁止靠關係進入，就算是認識的人，也不能仗著你是隊長，就讓他直接進護衛隊！」他說到後面是用吼的。

「我不是說了嗎？」格里亞再提醒一遍，「這小鬼是從校長那邊認識的。」

每次和席多相處，他的耐心就有逐漸降低的趨勢。

「嗯，是有說。」席多點頭，接著又問龍夜，「你和格里亞是什麼關係？」

龍夜翻著白眼，前面的對話這個人是沒有在聽嗎？

下一秒，席多的臉就被格里亞的扇子硬生生打中，整個人往後跌開。

「都說沒有關係了！」

格里亞忍不住發怒，更向龍夜解釋自己為什麼說話刻薄：「小助手，這個看起來人模人樣的傢伙，其實會認真說出不經大腦的蠢話，他已經被罵慣了，所以那些損人的話不會放在心上。我想，你已經見識到了吧？」

格里亞一副想要將席多碎屍萬段的模樣，咬牙切齒的補充說明。

龍夜真的可以理解，格里亞為什麼不能跟席多好聲好氣的說話。

這個人比他還要……欠打呀！

格里亞說兩次了，席多卻像沒聽到，還想對他再問一次，難怪這次格里亞會直接給他一記扇子攻擊。

「風，你太過分了，什麼說話不經大腦？」席多大聲駁斥。

「是嗎？要不要我隨便抓一個隊員來問問？要是沒有涅可洛可的制止，你是不是一向說話沒用大腦，老是惹一大堆人抓狂到朝你動手？」

格里亞努力平心靜氣的，微笑發問。

好兇啊，龍夜偷偷替席多默哀，這時候他最好不要再說話了，不然，氣到喪失理智的格里亞，不曉得會不會真的動手碎屍。

龍夜的感覺無誤，席多和他一樣，面對格里亞這次的笑問，是立刻扭頭裝沒有這回事，不再繼續這個話題，以免下一秒會當街上演隊長戕害副隊長的戲碼。

格里亞嘆了口長氣，怎麼他的隊員都是這個樣子？

「格里亞先生，涅可洛可是誰？是跟席多先生一起行動的人嗎？」

龍夜逮著機會，把他沒聽過的名字問出來。

「嗯，涅可洛可．拉菲修斯，他跟席多一樣，喊名字就行，他是另外一名副隊長，也是唯一可以讓席多乖乖閉嘴的人。」格里亞無奈的聳肩，「可惜涅可洛可還在執行別的任務，現在不在這裡，所以沒人可以讓席多閉上嘴。」

想到這裡，格里亞暗自捶心肝，他為什麼要讓涅可洛可做「那個」任務？

雖然任務交給他，會比較放心，但是一想到接下來自己的耳根子會被好不容易「解禁」的席多攻擊，他的頭開始痛了。

「席多，商會怎麼了？那東西被偷後，為什麼要我過來處理？」

格里亞不想再跟席多廢話，直接問正事。

「還有，東西從商會的眼皮底下被人拿走，為什麼這裡沒有守衛嚴加管理？他們是打算讓我們護衛隊當免費的商會守衛，在這裡調查兼看門？」

從外面看進去，目前能看到的像守衛的生物，全是護衛隊的人，要不是今天商會像沒營業般，沒有多少商人來往，格里亞絕對會在第一時間暴走。

他的護衛隊居然被菲斯特商會這般糟蹋，格里亞幾乎要直接甩手走人。

「事情不是這樣的，原因你進去就知道了。」席多朝商會大門比了比。

格里亞重申他的底線：「要是結果讓我不滿意，我會馬上走。」

席多苦笑：「想太多，你那死個性，我又不是不知道。」

自家隊長只有遇到感興趣的任務才會接手的個性，隊員們心知肚明。

「對了，席多，見習小助手交給你了，有什麼工作就分配給他。」

「見習的，你叫什麼名字？」席多把視線從格里亞身上移開。

「龍夜。」龍夜仰天絕望的第二次自我介紹。

「喔，那就叫你見習的。」席多揮手表示。

龍夜頓時無言，果然，他都報兩次名字了，還是被叫成見習的。

「見習的，你的工作只有一個……」

席多才想分派工作，發現格里亞一臉解脫的模樣，先是一愣，想到什麼之後，心中有了一個計畫，用手指向格里亞，「你只要跟著風做事就好，他一有什麼異動，你就用這個通知我。」

席多說完，扔給龍夜一顆黑色晶石。

「你確定？」龍夜伸手接住石頭，錯愕地問。

他沒聽錯的話，席多的意思是要他全程跟監格里亞？

「非常確定。」

席多指了指黑石，「這是護衛隊專用的通訊石，可以無視學院結界、與在學院內的護衛隊隊員通訊的好東西，如果格里亞要偷跑、要偷懶，就跟我說。」

格里亞受不了的看著席多嘴邊那抹邪惡的笑，就知道他被反算計了。

虧他還以為可以藉這個大好良機，擺脫龍夜小助手的「糾纏」。

同樣的，龍夜鬆了口氣，當格里亞說要叫席多指派工作給他時，他一度認為自己偷偷觀察格里亞的機會沒了，誰曉得席多居然會給他這麼好的任務。

只要跟著格里亞，定期通報狀況嗎？嗯，他能做到的。

席多看著格里亞的臉色變了又變，他更加確信自己的猜測。想必他們的隊長會破例收見習的隊員，是有不得已的苦衷。

除去席多很白癡的一直問格里亞和龍夜是否有關係這一點，他應該早要想到，一天到晚隨興亂跑的格里亞隊長，怎麼可能會親自帶一名見習的過來！

有苦衷不能隨便放生「見習的」嗎？隊長終於出現弱點了。

因為這個念頭，讓席多動了要龍夜跟著格里亞一起行動的想法。

況且，真要追根究柢起來，收留龍夜當見習的是格里亞，要他指派工作給龍夜的也是格里亞，不論結果如何，格里亞也不能抱怨。

好處是格里亞要是摸魚，小助手可以找人告密，他就沒有偷閒的機會。老是被隊長扔下的一堆工作，差點壓榨精力到過勞死的席多，對於自己的靈機一動非常滿意。

從現在到龍夜不做見習的工作為止，都不需要擔心他們家的隊長會再次突然消失、一去不回，好一陣子找不到人報告的狀況了。

格里亞面對席多的燦爛笑臉，真想用召出風刃，直接把他給劈了。

「咳，那、那個，進去吧，有好多事要做。」席多跑第一個，溜了。

跑的再晚一點，一定讓他死在這裡。

格里亞兇狠的凝視著席多的背影，好一會後，決定先去商會內看看狀況，已經在外面耽擱太久，他和席多的互動又給人看了太多笑話。

「走吧！」格里亞招呼著龍夜跟上。

甫一進入菲斯特商會，格里亞就被席多拉到旁邊。

「隊長，走這裡。」

席多將手放到入口旁的牆壁，用力朝內一推，裡面的暗門浮現。

格里亞瞅了暗門一眼，冷冷哼聲。

「這是有什麼不可告人的祕密？居然要我……」

「少抱怨，先進去就對了。」話未說完，席多將格里亞推了進去。

格里亞側身靠在牆上，等龍夜進入後，最後進來的席多將門闔上。

「席多，有什麼事需要在這裡說？」

面對突如其來的黑暗，格里亞眼簾半垂，眸中盡是冷冷的寒意。

「請看那裡。」席多說完，周圍霎時亮起。

他正指著後方通道，裡面走出了一對少年與少女。

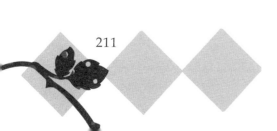

他們兩人是一邊交談，一邊行走，左邊的少女身穿淺藍色的長袍，褐色長髮還用白色髮帶固定；至於右邊的少年則是身穿淺灰色的武士服，腰間掛著一個淺藍色的長劍。

格里亞看著少年與少女，黑眸微瞇，道出了兩人的身分。

「嗯？菲斯特家的兄妹怎麼來了？」

格里亞心知會長的兒女來這裡，一定是調查這宗竊盜案，仍舊故意詢問。

被格里亞稱為「菲斯特兄妹」的少年和少女聞言，將視線移轉過來。

少女對格里亞微微一笑，打個招呼，「好久不見了，格里亞隊長。」

少年對格里亞輕輕點頭，「隊長，是我要席多請你過來的，請你不要怪罪他。」

「哦？」格里亞揚聲道：「離隊的人還可以差遣我的隊員？」

「咦？這兩人以前是護衛隊的？」

一開始龍夜聽這對兄妹喊格里亞為「隊長」，就感覺奇怪，只是他沒想到這兩人以前居然在護衛隊工作過。

「唉呀，有見習生？」

少女看到龍夜左手的見習臂章，笑著介紹她與自家兄長，「我叫妃雅，妃雅．菲斯特，他是我的哥哥諾雷伊。你叫什麼?見習生。」

「龍夜。」

「龍夜?」妃雅挺訝異這個名字是全名嗎?

「夜是我的名，龍是姓，不過請叫我龍夜。」龍夜詳細的解說著。

「喔，那我叫你小夜好了，你可以叫我妃雅。」妃雅開心地說:「至於我哥，他不介意你叫他諾雷伊的。」

龍夜聽到後，有點嚇到。明明是剛認識不久，格里亞稱呼他是「小助手」，席多喊他「見習的」，這名少女似乎太外向了，有必要親密的叫他小夜嗎?

「小助手，他們就是這種個性，不用太在意。」

格里亞拍了拍龍夜的肩膀，權充安慰，「菲斯特兄妹喜歡喊別人小名，他們認為這種方式可以拉近距離，不會有懸殊感。」

「可是，他們叫格里亞先生您『格里亞隊長』耶!」龍夜發現重點。

「他們敢叫我小名?」格里亞笑了笑。

菲斯特兄妹同時搖頭，他們可不敢啊!

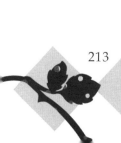

「好了，你們找我是什麼目的，趁我還有耐心，就快點說。」格里亞黑眸一轉，雖然用嚴厲的口吻，但他的眸中卻帶著一絲笑意。

菲斯特兄妹緊張地嚥下唾沫，這個人，是等著要聽好戲吧？

他們兩人互看一眼，站直身體準備與格里亞說明這起事件的來由。

chapter 08 潛入之人

涅可洛可．拉菲修斯，他是楓林學院護衛隊兩名副隊長之一，身為魔法院院生，卻通過了護衛隊層層考驗，進而成為護衛隊副隊長，就能知道他的厲害之處。

三天前，護衛隊帶了一名昏迷的祭司，順著暗巷通道來到學院外，屬於護衛隊據點的地方，那名祭司醒來後，對於自己被「綁架」的事非常訝異。

「我是光明教會的祭司，識相的話，最好直接放走我，這樣不論神還是我，都會原諒你的惡行，不然，光明之神和我的同伴不會放過你的。」

當時在「據點」內的人，只有涅可洛可和風．格里亞隊長。

格里亞對於祭司這番話，先是一愣，然後放聲大笑，笑了很久很久，久到祭司的臉色越來越難看才停止，不過，留存在嘴角的笑意還是明顯到讓人覺得他在嘲笑。

他們的隊長是無神論者，是信自己派的呀！而且，最討厭被人威脅。

涅可洛可無聲嘆氣，看這樣子，等等肯定要收拾據點、清掃垃圾了。

格里亞無視祭司惡狠狠的目光，和他說了幾句話，當確定這位祭司不打算提供任何資訊，也不想浪費時間，一了百了的直接將祭司解決掉。

說是解決也不太對，涅可洛可沒有見過有人可以在聊天中，朝對方的肩膀輕輕一拍，對方在那瞬間，所有動作一頓，就突然……死了。

他可是連一點魔法元素都感應不到，就算格里亞擅長速動魔法，這解決人的方式也太快了吧？這樣以後要清理學院周圍的「垃圾」時，會讓他想帶隊長一起行動。

不過，真那麼做，隊長應該會殺了他？還是算了。

當涅可洛可準備問格里亞，要不要他馬上將這個大型垃圾清掉時，看到了一件讓他錯愕的事情——

他們家的格里亞隊長，將右手放在祭司的胸口，唸出他沒有聽過的魔法咒語，隨著咒語，將他的手從祭司的胸口移開後，掌心上多出一個白色的光點。

「涅可洛可，這給你。」格里亞對他招手。

涅可洛可收到命令，不經思索的走了過去。

下一刻，格里亞將光點埋入他的胸口。

瞬間，涅可洛可腦海中浮出不屬於他，從未見過、不曾發生過的片段殘像。

那些不是光明教會內部，就是教會外圍的景觀，更充斥著與許許多多的祭司、大主教的互動，這些混亂的記憶在他的腦海恣意的胡亂奔跑。

等到記憶從頭到尾跑過一遍後，涅可洛可搖著腦袋，搖搖晃晃的往後退了好幾步，直到背部靠到牆壁上，總算整個人清醒多了。

格里亞輕聲發問，「都看完了？」

邊問，他邊拍了拍手，把手中的光點殘渣給拍掉。

「嗯，隊長那是……」

涅可洛可說不出接下來的話，他太震驚了。

「祭司的記憶，我去掉了祭司襲擊院生到被我們帶走的那段記憶，這些都是你有必要知道的。」

格里亞打開摺扇，發出許久未聽到的慵懶嘆息。

「涅可洛可，有件工作要交給你處理。」

不用格里亞明說，涅可洛可也知道會是什麼，是潛入工作吧？

格里亞會特地把祭司的記憶「放」給他看，不就是希望他可以代替這個祭司回到光明教會。

「好好發揮你的長才。」

格里亞沒忘了要提醒他，「如果在裡面發生危及生死的狀況，可以大聲叫我的名字，我會來救你的。」

風．格里亞，人如其名，他們的格里亞隊長來無影去如風，如果有必要，他們大聲喊著格里亞時，他真的會出現在這些需要他的人面前。

涅可洛可聽到格里亞的話，像是打了強心針，一個劍步向前，將祭司的衣服給扒了個精光——反正人死了，等等也要毀了屍體，那就不要浪費，這套衣服就給他。

涅可洛可打著這個主意，將衣服換到自己身上。

雖然祭司的白色袍裝鬆垮垮的，涅可洛可對於自己穿著不倫不類的大一號衣服毫不在意，他先伸手朝祭司的眉心一點，接著手指挨著空氣，憑空畫著圖形，先從他的頭頂上方、慢慢畫了下來，最後，蹲下身，手指觸著地板，像收尾般，手指流利地向上一揚。

剎那後，無色的空中圖形綻出淡藍色的光芒，朝涅可洛可撞去。

涅可洛可被圖形穿過的同時，變成了一個大冰塊。

格里亞默數三秒，冰塊破裂，原本被冰在裡面的涅可洛可變成了祭司。

這是複製魔法，可以完全複製樣貌，但不能完美複製對方的力量，頂多是附帶幾成的實力，好在少歸少，並不是會被人揭穿的毫無能力。

當然這個魔法好用是好用，卻只有一人一次的複製限制，而且還有個不能夠複製記憶的缺點。

格里亞明白涅可洛可的魔法缺點，才給了他祭司的記憶，補足魔法缺點。

涅可洛可確定自己已經完成了複製魔法之後，對格里亞微微地鞠躬，「還有什麼事要做嗎？」

他問話時，眼神是望著躺在地上沒穿衣服的祭司屍體。

「不用，我來處理好了，要記住你扮演的是失去記憶的祭司，這次去的重點任務是找到事情的源頭，那四位特殊班的院生為什麼會被光明教會屢次追殺？」

格里亞加重語氣的提醒著任務重點，涅可洛可會意的點點頭，他知道該去哪裡「蹲點」、該以何種姿態被光明教會的人發現，又該在任務裡做些什麼。

「我走了。」

涅可洛可沒有多問，立刻使用傳送石離開據點，開始他的任務。

接下來，他按照著格里亞的指示，在學院附近的暗巷裡偽裝昏迷後，沒等多久就被一位大主教發現，被順利帶入了光明教會。

在進入教會的途中，涅可洛可和那位大主教說了短短幾句話，一知道自己失去記憶，只記得三天前自己還在教會內祈禱的事，對方的臉色變得有些奇怪。

涅可洛可卻沒有多問，他認為眼前這位大主教不是他的任務目標，可能是對方叫醒自己和跟他對話時，態度、語氣都太過溫和，沒有惡意的關係。

果然，被這位帶回教會後，他們很快遇到了另一位有著灰褐髮色的大主教。

那是被自己頂替身分的祭司的上司——莫里大主教。

莫里大主教看到他，甚至沒跟先前帶他回教會的大主教多說，就直接將他帶走。

那麼，這個人肯定才是相關者，涅可洛可確定了任務目標。

接下來，他們在光明教會內部東轉西轉的走了好遠的路，來到一個巨大殿堂。

涅可洛可看著左右兩旁的雪白色大殿柱子，踩著直通內部的唯一通道。

他瞇起眼，隱隱約約的感覺到裡面有一股壓抑、恐怖的感覺，越是向內走，魔法師的直覺告訴他，他必須盡快離開，不然會有恐怖的事情發生。

前方帶路的莫里大主教腳步很穩，和之前的移動速度相比沒有半分差別。

難道光明教會的人感覺不到這些恐怖陰森的感覺？

看著前方的白色道路，涅可洛可有一種誤上賊船，不該答應隊長這項任務的感覺，他希望進入後不會有狀況發生，不然他就真的要大喊救命。

「事情是這個樣子的。」

一到解釋關頭，妃雅顯得有些不自在，她戳了戳身旁的兄長，淺藍色的眸子透出不知道該如何解釋的神情。

格里亞見狀，手蓋著眼，無奈道：「算了，我看等你們說完，我也該找地方睡了，省時省力，你們兄妹倆決定一下，看誰要過來。」

此話一出，妃雅二話不說，直接將兄長給推了出去。

「哥，我是妹妹，你要多體諒我一點。」

妃雅的這句話讓諾雷伊直接賞了妹妹一記白眼，沒有良心的妹妹居然把他推出來當替死鬼。

「隊長，請手下留情。」諾雷伊像是要赴死的人一樣，閉起眼，頭朝格里亞的方向伸去，語帶顫抖地說。

「哎呀，風要用那招？」瞬間，席多在心底替諾雷伊默哀。

「哪招？」

龍夜好奇地問著將他拉到後面，讓他與格里亞保持距離的席多。

「隊長可以偷窺人的心思。」

席多說：「見習的，你要記住，雖然我們的隊長很帥很厲害，但不能被他碰到，因為被他碰到的人，心思會被他偷走。」

「偷……你說的是看吧？」鑒於龍夜有位擅長讀心的緋煉大人，和可以隨時讀自己心思的兄長，已經無感了。

別人要讀他的心思？隨便，反正他的心思沒啥好看的。

「不，是『偷』。」席多認真咬著重音。

「看也只會自己看，那個人真的是偷，雖然自己知道有這段記憶，卻只限於知道，對被偷走的記憶不會有任何的感覺，因為已經沒有了、被偷走了。」

龍夜被嚇到，這也太厲害了吧？魔法師的魔法可以做到這個地步？

「哈。」

看到龍夜驚恐的模樣，席多不小心笑了出來，「隊長偷歸偷，但還是會『複製』一份放回去，不會讓被偷走心思的人發現。」

就是這樣才恐怖吧？龍夜驚悚的抖了抖。

「你有問過他是怎麼偷的嗎？」

龍夜明白問人「絕技」是要不得的，但人都會有好奇心，格里亞既然可以明目張膽地讓他的隊員知道他有這項絕技，自然也會有不怕死的人去問。

「我問過隊長，他是怎麼用的。」果然，席多馬上招供，「隊長總是笑笑地說，那是他家傳的絕技，只有他可以用。」

說到這裡，席多忍不住嘆氣，當初格里亞就是用這個奇特的魔法，解了許多學院擱置多年的懸案，也讓不少的導師與院生身敗名裂，曾經的努力都一一毀在這名進入學院不過兩年的青年手中，也是因為這原因，護衛隊隊員才會對他又愛又恨。

愛是隊長真的很厲害，很會替他們想，恨是他們的思緒與想法常常被隊長偷去看而自己都不知道，隔一天還被打得很冤枉。

龍夜眨了眨眼，看著格里亞手指輕點著諾雷伊的額，在那瞬間，諾雷伊的藍色眼眸透出了迷惘色彩，在下一秒又變了回來。

「嗯嗯，原來如此。」格里亞輕鬆地晃著摺扇點頭說道。

「風，給我說人話。」毫不留情，席多忍不住罵了過去。

「是這樣的。」

不想多費唇舌解釋，格里亞手指一彈，把諾雷伊要說明的事情複製了兩份，分別拋入龍夜和席多的腦海之中。

記憶裡，是整齊的地下室，裡面的物品擺放的十分整齊，比較突兀的，是左右兩邊牆壁的白色匕首和靠近後段地面的反著光的透明碎片。

視線再往裡面拉，有一個上面沒有任何物品的木製平台孤零零地放置在哪裡。

然後，記憶到這裡中斷。

他們仔細看完突然進入腦中的記憶後，面面相覷了一會，異口同聲對格里亞說：「隊長（格里亞先生），這到底是怎麼一回事？」

面對小助手與隊員的疑問，身為隊長的格里亞只能攤手表示自己不清楚。

「你以為我是神，什麼都知道？連諾雷伊都不曉得的事情，不要問我。」雖是如此，格里亞揮揮扇子很欠扁地對菲斯特兄妹說：「好了，帶我去找米雅迪絲吧？你們不是要我去找她說話？」

此話一出，被格里亞點到的兄妹兩人眼睛一翻。

妃雅喃喃地道：「諾雷伊，我就說不要等格里亞隊長，你偏偏要等，你看吧，報應來了。」

妹妹猙獰、忿恨的喊著自家哥哥名字，以此表達心中的不滿。

「誰知道格里亞隊長不只讀那一些?就要妳去妳偏不聽，隊長或許會對女的手下留情，對男的可不會。」諾雷伊低吼著。

面對突然上演的兄妹鬩牆，龍夜感到好熟悉啊，好像是他跟暮朔的相處模式。

『一點也不像！』

不知何時醒來的暮朔嚴正抗議。

龍夜兩眼一翻，面對在這種時候醒來的兄長，只能把要說出口的話吞回去，以免被學院護衛隊的人認為他有「自言自語」的毛病。

『不說話也沒關係，你的心聲我聽的見。』

龍夜知道他家哥哥大人聽的見，問題是習慣張嘴說出來的他，突然要改變對話模式，有一點困難，一不小心就會把話脫口而出。

『那就說啊，反正被誤會的是你。』

龍夜哀怨的低下頭，哥哥大人又怎麼了?好像在鬧彆扭?

『鬧什麼彆扭?』

暮朔絕對不會承認，他以前教了龍夜那麼多，都沒有糾正他習慣依賴別人的惡習，他卻在跟隨格里亞短短半天後，自我反省到決定改變。

我錯了！龍夜在這種時候很賴皮的在心裡把某三個字重複一百遍再一百遍。

『知錯就好。』暮朔心情好了不少，便建議道：『格里亞的技能不錯，改天偷學一下。』

龍夜聽到這番話，內心只能嘆氣，哥哥大人有一個不為人知的特殊專長，就是過目不忘和學什麼都快，偷學……他可沒有忘記哥哥大人那只看一眼、只練一次，就可以學會龍月的劍術，讓自己這好友難過了三天的事情。

『小鬼，你問問那個人，撇開那個他喊的不知道是誰的名字，那個記憶裡的木製平台上原本放著的是什麼？』

面對哥哥大人不知哪來的好心情，指引問題關鍵，龍夜乖乖地舉手發問。

這疑問讓席多愣了一下，翻著記憶，不了解龍夜為什麼要問這個。

原本格里亞要揪著菲斯特兄妹，立刻動身去找「米雅迪絲」，一聽到龍夜的問句，他感到有趣的揚眉，將摺扇打開後遮掩了半張臉。

「請問格里亞先生，這個問題是不能問的嗎？」龍夜抓了抓馬尾，低垂著眼，小聲地問道。

「不。」格里亞回答了，「如果我沒有想錯的話，上面放著的是要委託給學院保護的物品。」

「隊長你怎麼知道？」諾雷伊驚喊。

格里亞轉著黑眸瞥了諾雷伊一眼，「那是鏡台，商會委託學院保管一面鏡子，鏡台上是空著的，代表著上面的物品被人拿走，鏡台前的地板上有碎片，而附近的物品也沒有被人竊取一空，可以推測出對方的目的只有鏡子。」

「就這樣？」

妃雅同樣一臉驚恐。

格里亞繼續補充推論，「另外，商會遲遲不派人通知銀凱守備隊有物品被竊，需要請他們加派人手，反而逼迫我的隊員，讓他們留下……代表商會想要委託我們保管的物品不能見光，如果被守備隊知道，那個物品不是找不回來，就是找回來後，逃不過再被偷取的命運，而商會也沒辦法安然運作。」

他抬眼直視著妃雅和諾雷伊兩人，冷冷地一笑道：「我說的對吧？菲斯特家的孩子們。」

面對格里亞的連番推論，菲斯特兄妹徹底無語。

這樣的人為什麼會一直留在學院？憑他的實力，一定有很多人想要他過去工作，根本不需要留在學院被校長和院長們欺壓，也不需要因為護衛隊的事情到處奔波。

「呵。」

格里亞輕輕一笑，揮揮摺扇像要把凝重的氣氛給搧開，「很明顯嘛！商會會長派你們兩個小孩來告訴我原因，一方面是不想要商會被牽扯進來，另一方面是希望我看在你們曾經是我的隊員份上，而願意插手？」

不然這對兄妹怎麼會硬著頭皮，冒著會被他打死的覺悟，硬是要他過來？

「嗯。」

妃雅垂著頭說：「發現東西被偷走的人是米雅迪絲，她昨天留守在這裡，幫我們守護商會的委託物，誰知道她被人打昏，一醒來就發現東西被偷。」

格里亞揪緊著眉，心中納悶著。

怎麼會留活口？偷竊的小偷會留活口，是怕人死了會鬧大？

不，死的是護衛隊的人，學院會掩蓋這件事，讓護衛隊自行調查。

畢竟這是商會與學院的私下交易，這些私人委託沒有擺到檯面上，並沒有正式公告，一旦讓守備隊知道，商會必定要把前因後果一五一十說出，這樣一來，和學院的交易就會被公佈出來。

商會可沒辦法承受其他公會的指摘，說商會不信任他們的人，只要學院的人幫忙。

「帶我去找米雅迪絲。」

第二次，格里亞第二次對那對兄妹這麼說。

米雅迪絲．特奇維亞，格里亞的護衛隊隊員之一，是擅長使用鍊金術的武鬥院院生。雖然實力沒有目前在女宿當管理員，來自鍊金術世家的薇紗．凱爾特好，但她是屬於凱爾特家族的分家成員，實力可以掛保證。

在菲斯特兄妹的帶領之下，格里亞來到商會的暗道最底端，裡面有一個簡便的小房間，據那對兄妹說明，這裡是「聊天」用的地方。

隔音、隱密又無人，格里亞反倒認為這是用來拷問的大好場所。

他開始考慮要不要學商會，在學院內建一個供護衛隊使用的小空間，這樣他們就不需要一天到晚在學院森林裡開房間，或是在校外使用可能隨時被廢棄掉的隱密場所。

房間內，一名有著黑色及肩長髮的少女，她眨著褐色雙眸，雙手抓著灰褐色的長袍，雙眼呆滯地看著進入房間內的格里亞。

「格、格里亞隊長。」少女抓緊著衣角、低著頭，像個做錯事的小孩，發出怯生生的嗓音。

「米雅，說吧，發生什麼事？」

格里亞打了個呵欠，今天一直在外奔波，沒時間休息，累呀！

他看了看周圍，隨便拉一張椅子坐下，工作還沒正式開始，他心裡已經思考明天該如何減少自己的工作量，彌補今天沒有休息到的時間。

面對自家隊長犯懶找地方休息的舉動，不論是現任，還是前任護衛隊隊員都習慣了，就放任他坐下，他們這些部下可憐一點，站著說話。

「昨、昨天，我、我……」

米雅迪絲才說出幾個字，格里亞手抵著額，臉上就露出天人交戰的模樣，他嘆了口長氣對他的隊員們說：「你們先和她問原因，最後再告訴我結果。」

說完，他直接倒頭睡死，無視錯愕的隊員們。

「隊長你這渾蛋。」妃雅右拳握緊，聲音顫抖，想要用力揍格里亞。

雖然米雅迪絲說話常常吞吞吐吐，一句話要花上一分鐘的時間，但也不需要這麼沒耐心，還做出裝睡的動作吧？

「算了，米雅，妳接著說，隊長就算睡著，他還是有辦法聽到。」

米雅迪絲點頭，開始說明原因。

半個小時過後，米雅迪絲終於說明完畢。

龍夜承受完這番精神攻擊，正壓著耳朵，神色痛苦地看著睡了半小時，被席多狠狠踹醒的格里亞。

隊長果然是隊長，太清楚自家隊員的習性。

早知道他就學格里亞裝死睡覺了，這是他第一次知道，聽人說話會這麼累。

想到這裡，龍夜偷偷對自己的內心發出抱怨。

原本早已醒來的暮朔，發現米雅迪絲的說話方式只會讓自己火大，就決定只要聽結果，沒有義氣地扔下他，偷偷打了半個小時的盹。

直到發現米雅迪絲說完了，暮朔這才出聲讓龍夜知道自己醒了。

好過份，龍夜苦笑的再抱怨一次。

不過他可以確定，暮朔願意爬起床，代表他對這個任務，或者說是對失竊的鏡子很有興趣，不然暮朔不會要他問鏡架的問題，讓其他人對他多注意一分。

格里亞被暴躁的席多踹醒後，露出剛睡醒，充滿起床氣的陰沉臉色，一揚手，直接賞了踹他的席多一記風刃，把他打到哀哀叫，大聲求饒後才放過他。

然後，格里亞坐在椅子上，摺扇頂端指著他們問聽完的結果。

除去米雅迪絲那些吞吞吐吐的廢話，總結由負責踹人又被打的席多開口。

誠如菲斯特兄妹所言，米雅迪絲在巡視商會，檢查位在地下室的委託物是否安全時，她被人敲昏了。

由於一開始就被打昏，她並不清楚詳細狀況，醒來後才知道有人打破商會的結界，她立刻慌張的跑去檢查物品是否安然無恙，卻發現地下室內的物品幾乎沒事，只有最重要的委託物憑空消失，再也找不到。

面對這等大事，米雅迪絲通知了隊長……雖然隊長故意斷訊人都找不到。

席多解釋到這裡，包含龍夜在內的所有人都看向「失聯」的護衛隊隊長格里亞。

「風，我們可以聽你解釋一下嗎？」

米雅迪絲醒來的時間在半夜，她通知格里亞的時間也是半夜。

心知隊長喜歡半夜到處嚇人的個性，席多絕不相信格里亞會在這時候行蹤不明。

『呵。』暮朔聽著席多的質疑，內心除了笑，還是笑。

真對不起，他們家的隊長那時候在忙著跟他和緋煉聊天呢！

「別這樣，我在睡覺。」

「騙鬼呀！你宿舍的室友是誰？不就是我跟涅可洛可，昨天你明明在外面鬼混，別以為你有隊長特赦令，不需要被宿舍的規章管，就可以到處亂跑。」

公佈正確答案，為此憤怒到不行的席多和格里亞是室友，基本上，隊長把枕頭塞進棉被裡假裝他有在床上睡覺的這點小動作是瞞不過室友的法眼。

「別問原因，當做沒這件事。」

格里亞兩手一攤，什麼也不想解釋。

面對隊長的裝死行徑，席多只能嘆氣，繼續說明。

米雅迪絲喊了不知道去哪裡鬼混而失聯的隊長很久，一直沒有聽到對方的回應，她沒辦法之下，只好去找以前在護衛隊工作的菲斯特兄妹。

之後就是菲斯特兄妹通知他們的上級，也就是身為商會會長的父親這件事。

商會會長先叫他們封鎖現場，然後要他們等到早上，再去通知學院護衛隊幫忙，請他們隊長前來此地看看狀況。

「隊長，我先聲明，這東西要移交給學院保管的事，我們沒有跟其他人說。」妃雅憂心忡忡地說，她不認為是他們這邊洩漏出去的消息。

格里亞冷聲回答，「你們商會不是在內鬥？」

菲斯特商會內鬨這種事，在商會與護衛隊間算是公開的私人祕密。

面對格里亞的質疑，妃雅發出「呃」聲，不知道該怎麼回答。

「你們商會為了那個東西的保管方式爭論不休，就算再隱密的事也會被吵到人盡皆知。」

就算格里亞被人強行拖到商會，更被強迫聽了這麼多事情相關，他還是認為這件事應該要交給商會處理，護衛隊不應該插手，以免惹得一身腥。

「隊長，我們需要您幫我們找到鏡子。」妃雅聞言，低聲求道。

「免談。」

格里亞沒心沒肺地說：「我還是那句話，護衛隊不是商會的私人雇傭，我們不需要因為你們弄丟了東西，就要義務尋找。」

「可是米雅她……」

不提還好，一提，格里亞臉色霎時一沉，冷冷對妃雅說：「還好米雅沒事，雖然不論生死都是她自己要負責的，但是她如果死在你們商會，你們還敢死皮賴臉的要我找東西……我會讓你們永遠找不回來，是的，你們另請高明，這工作我做不來。」

米雅迪絲感動了一下，他們的隊長說到底還是關心她。

「隊長您有所不知。」妃雅被這一吼嚇到，露出委屈的神情，眼眶不自覺紅了起來，「那個東西真的不能被人搶走，一定要放到學院才安全。」

就算是怒火狂燒的人，一看到女孩子的淚水也會先軟一分，再聽到最後那一段話，是個人都會好奇的。

只可惜，在場的人只有格里亞無動於衷，擺明就是不想管。

「隊長，如果您找到東西，你可以私下帶走。」

諾雷伊看看附近，小聲地說出他們兄妹找他來的目的，「當然，這些話我們不會承認說過。」

他的這番話讓格里亞證實，那面鏡子果然是元素的聖物吧？才會讓這對兄妹不想管商會的命令，急著想要把它脫手，即使是沒有紀錄的，永遠要不回來也行。

為了不讓菲斯特兄妹察覺到他已經知道鏡子的重要性，格里亞忽然舉起手。

「隊長，你不要偷我的記憶！請你自己去調查。」說完，諾雷伊面對格里亞抬起的手，向後跳了好幾步，深怕自己的記憶不保。

「我們躲在這裡有點久了，格里亞隊長，你可以去調查案發地點，不過……可能要請你先出去，再進來。」

畢竟他們進入商會後，就直接走入暗道，如果突然在商會內部出現，一定會嚇到裡面的人，為了商會僱員的心臟著想，還是重新從門口進來好了。

對菲斯特兄妹對商會員工的貼心，格里亞並不反對。

他們走回暗道入口，走出菲斯特商會，正要重新進入時，看到菲斯特商會門外，一名有著紅色長髮，嘴角噙著一抹微笑的青年，對龍夜等人揮手。

「各位，不介意我過來這裡找你們吧？」

雙夜03消失的聖物（上） 完

postscript 後記

雙夜邁入第三集，不少有關於水世界的事情也開始浮出水面。

在第二集帶出黑暗與光明教會的聖物訊息，而元素神殿的聖物也在這一集出場。

由於劇情快要進入中場，各方組織也要拉出來，於是，這一次，就變成了上下兩集的劇情。

光明教會內部本身的問題、神祕情報組織與影會打招呼，還要充當黑暗教會與光明教會溫和派的牽線人員、學院護衛隊的商會任務，算起來一共三條主線。

一口氣拋出三線，結果腦袋炸掉，打的一團亂，編輯看到傻眼。（真的很抱歉！）

在這一集終於正式出場的風・格里亞，也帶出他的重要性，他是尋找賢者之旅的要角，同時也是可憐到被暮朔和龍緋煉聯手推入教育龍夜這個大火坑的可悲人士。

利用格里亞這個「非相關人士」來點醒龍夜，龍緋煉真的很恐怖呀！原本暮朔只是想想而已，龍緋煉直接當上推手，讓格里亞中招，逼迫他收留龍夜當小助手。

偷偷說，格里亞算是我最喜歡的角色之一，終於可以把他拖出來寫了，超開心的。（灑花）

這一次全能的哥哥大人暮朔，搖身一變，成為眾人擔憂身體狀況的人，雖然他覺得很煩，其實內心也很開心吧？

一方面是，龍夜真的開始想辦法獨立，另一方面，是感覺到其他人真的有在關心他，雖然覺得其他人的照三餐關心頻律過高，有點煩，偏偏他拉不下那個臉，跟關心他的人說聲謝謝。

這一集的主角雖然是格里亞和正在當小助手的龍夜，但其他人也有自己的戲份，不會擱到旁邊就是了。

最後，辛苦編輯平和万里，這一次的稿子也給她添麻煩了（被鯨魚咬住甩甩！）。面對集集都有各自不同，讓她嘔血的慘劇，真的非常的對不起呀！

希望有一天可以不會讓她這麼辛苦。
龍夜有自己的成長路要爬，餅乾也有進步路要走（掩面）。

以下是我的出沒地點，歡迎大家踏踏～
部落格：http://wingdark.blog125.fc2.com/
噗浪（PLURK）：http://www.plurk.com/wingdarks

飛小說。
We Love
Easyfly.

蘋果日報常勝軍 輕小說小天后 林佩
ANTENNA牛魚 特色系新銳繪師
兇事
壹
啖鬼者
顧問
林佩 著 · 牛魚 ANTENNA 繪
POLICE

飛小說，

更多歡樂更便宜！

■神魔英雄■

幻獸王03-END

黑暗魔神即將復活！

作為祭品召喚，必須準備十張進化卡片，以及十隻高級幻獸——原來，舉辦幻獸師大賽的真正原因，就是為了湊齊這些祭品？

面對強大的黑暗力量，少年們依然充滿了信心與勇氣。
「讓比賽繼續進行下去吧！只要在比賽中打倒操縱這一切的靈皇，不就解決了嗎？」
不過，只有打入冠軍賽，才有機會跟靈皇對決……在那之前，少年們必須先分出一個高下！

誰，才能成為真正的最後英雄！？

■鬼樓校園■

都市鬼奇談03

我是柳暉，除靈事務所的負責人。
大大小小，凡是跟鬼靈有關的疑難雜症，找我就對了！
你看，就連學生都把我當偶像明星一樣崇拜，請我去處理宿舍的鬧鬼事件。
哪間學校不鬧點小靈異？應該很容易解決吧？
天曉得，我的道法突然不靈光了，陰陽眼也看不到東西了……而且學生們也變成了行屍走肉，向我和我的女朋友襲擊而來！？
「啪！」
好吧，容我修正一下，是向我和除靈事務所的董事長——明小彤小姐，襲擊過來！
有很多時候，人比鬼還難對付……臉好痛啊我（淚）。

☞**您在什麼地方購買本書？**☜

☐便利商店＿＿＿＿＿☐博客來　☐金石堂　☐金石堂網路書店　☐新絲路網路書店

☐其他網路平台＿＿＿＿＿☐書店＿＿＿＿＿市／縣＿＿＿＿＿書店

姓名：＿＿＿＿＿地址：＿＿＿＿＿＿＿＿＿＿＿＿＿＿＿＿＿＿＿＿＿＿＿＿＿＿

聯絡電話：＿＿＿＿＿電子郵箱：＿＿＿＿＿＿＿＿＿＿＿＿＿＿＿＿＿＿＿＿＿＿

您的性別：☐男　☐女

您的生日：＿＿＿＿＿年＿＿＿＿＿月＿＿＿＿＿日

（請務必填妥基本資料，以利贈品寄送）

您的職業：☐上班族　☐學生　☐服務業　☐軍警公教　☐資訊業　☐娛樂相關產業

☐自由業　☐其他＿＿＿＿＿＿

您的學歷：☐高中（含高中以下）　☐專科、大學　☐研究所以上

☞**購買前**☜

您從何處得知本書：☐逛書店　☐網路廣告（網站：＿＿＿＿＿＿＿）　☐親友介紹

（可複選）　☐出版書訊　☐銷售人員推薦　☐其他

本書吸引您的原因：☐書名很好　☐封面精美　☐書腰文字　☐封底文字　☐欣賞作家

（可複選）　☐喜歡畫家　☐價格合理　☐題材有趣　☐廣告印象深刻

☐其他＿＿＿＿＿＿＿＿＿＿

☞**購買後**☜

您滿意的部份：☐書名　☐封面　☐故事內容　☐版面編排　☐價格　☐贈品

（可複選）　☐其他

不滿意的部份：☐書名　☐封面　☐故事內容　☐版面編排　☐價格　☐贈品

（可複選）　☐其他

您對本書以及典藏閣的建議＿＿＿＿＿＿＿＿＿＿＿＿＿＿＿＿＿＿＿＿＿＿＿＿＿＿

＿＿＿＿＿＿＿＿＿＿＿＿＿＿＿＿＿＿＿＿＿＿＿＿＿＿＿＿＿＿＿＿＿＿＿＿＿＿

＿＿＿＿＿＿＿＿＿＿＿＿＿＿＿＿＿＿＿＿＿＿＿＿＿＿＿＿＿＿＿＿＿＿＿＿＿＿

✌未來您是否願意收到相關書訊？☐是　☐否

✌**感謝您寶貴的意見**✌

✌From＿＿＿＿＿＿＿＿＿＿＿＿@＿＿＿＿＿＿＿＿＿＿＿＿＿＿＿＿＿＿

♦請務必填寫有效e-mail郵箱，以利通知相關訊息，謝謝♦

印刷品

請貼
3.5元
郵票

235 新北市中和區中山路二段366巷10號10樓

華文網出版集團　收

（典藏閣－不思議工作室）

My brother,
lives in my body.

DARK櫻薰/NOVEL
薩那SANA. C/ILLUST

003

WACHIFIELD
瓦 奇 菲 爾 德
日本知名畫家池田晶子的原創品牌
Dayan in Wachifield
瓦奇菲爾德中文網站 www.wachifielf.com.tw
http://tw.myblog.yahoo.com/wachifieldtaiwan
Find us on Facebook 搜尋 瓦奇菲爾德台灣

我們改寫了書的定義

董 事 長　王寶玲

總 經 理　兼　總編輯　歐綾纖

出版總監　王寶玲

印 製 者　和楹印刷公司

法人股東　華鴻創投、華利創投、和通國際、利通創投、創意創投、中國電視、中租迪和、仁寶電腦、台北富邦銀行、台灣工業銀行、國寶人壽、東元電機、凌陽科技(創投)、力麗集團、東捷資訊

◆台灣出版事業群　新北市中和區中山路2段366巷10號10樓

TEL：02-2248-7896

FAX：02-2248-7758

◆倉儲及物流中心　新北市中和區中山路2段366巷10號3樓

TEL：02-8245-8786

FAX：02-8245-8718

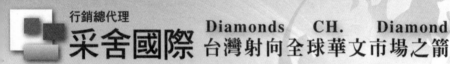

雙夜/DARK櫻薰作. -- 初版. --新北市：
華文網，2011.05-
冊；　公分. --(飛小說系列)
ISBN 978-986-271-106-4(第3冊：平裝). ----

857.7　　100005809

My brother,
lives in my body.

DARK櫻薰/NOVEL
薩那SANA. C/ILLUST
003

雙夜
消失的聖物（上）

飛小說系列 009

雙夜 03- 消失的聖物(上)

出版者■典藏閣
作　者■DARK 櫻薰　繪　者■薩那 SANA.C
總編輯■歐綾纖　企劃主編■平和万里
製作團隊■不思議工作室
郵撥帳號■50017206 采舍國際有限公司（郵撥購買，請另付一成郵資）
台灣出版中心■新北市中和區中山路 2 段 366 巷 10 號 10 樓
電　話■(02) 2248-7896　傳　真■(02) 2248-7758
物流中心■新北市中和區中山路 2 段 366 巷 10 號 3 樓
電　話■(02) 8245-8786　傳　真■(02) 8245-8718
ISBN■978-986-271-106-4
出版日期■2011 年 10 月
全球華文國際市場總代理／采舍國際
地　址■新北市中和區中山路 2 段 366 巷 10 號 3 樓
電　話■(02) 8245-8786　傳　真■(02) 8245-8718
新絲路網路書店
地　址■新北市中和區中山路 2 段 366 巷 10 號 10 樓
網　址■www.silkbook.com
電　話■(02) 8245-9896
傳　真■(02) 8245-8819